LES CHATS ÉRAFLÉS

CAMILLE GOUDEAU

LES CHATS ÉRAFLÉS

roman

nrf

GALLIMARD

Jean-Claude, soixante-seize ans, torse nu au milieu du jardin, hurle à pleins poumons des phrases incompréhensibles. À deux mètres de lui, moi, Soizic, sa petite-fille, branche le tuyau d'arrosage et lui envoie le jet d'eau à la figure.

Jacqueline, ma grand-mère, est assise sur une marche, fume une cigarette, attend les pompiers.

— Ça va ?! je crie bêtement de l'autre bout du tuyau.

— Hein ? hurle Jean-Claude.

Il étale l'eau sur son visage, et la répartit ensuite sur son ventre. Il répète l'opération plusieurs fois, étaler sur le visage, répartir sur le ventre. Petit à petit ça devient un cycle.

Jacqueline nous observe, son mari dans son pantalon en wax ramené du Burkina Faso dont il ne se sépare plus, et moi, grande fille, un mètre quatre-vingts, vingt-deux ans, cheveux en pétard, short de pyjama avec des nains de jardin dessus. Il est près de minuit, sa cigarette s'éteint, « Mon dieu » dit-elle d'un air las.

Lumières bleues et rouges des gyrophares le long des murs et des massifs.

— Tout de même ! râle Jacqueline en ouvrant le portail à trois pompiers : Il est dans le jardin.

Jean-Claude tend les mains pour avoir plus d'eau, j'éteins la pompe, on entend les aboiements désespérés de Galadriel, le berger allemand enfermé dans la maison.

Deux pompiers descendent le petit escalier de pierre menant à la pelouse qui est au centre de notre maison, ancienne carrière de tuffeau, l'un chuchote trop fort à son collègue : « La vache t'as vu la baraque que c'est ! »

— Bonsoir monsieur dit l'autre d'une voix très douce. Il s'approche de Jean-Claude qui recule, ses petits yeux méfiants derrière de larges paupières fripées.

— Ça vous dit qu'on aille s'asseoir un peu ? Pour discuter.

— C'est quoi ça ? dit Jean-Claude.

— C'est votre femme qui nous a appelés, elle a eu très peur vous savez...

— De l'eau Soizic, de l'eau ! Il s'agite, recule contre le mur, s'y plaque un peu.

— Il dit qu'il brûle de l'intérieur, je lance aux deux types. Et je m'éloigne, tourne le dos à la scène parce que, franchement, je m'en passerais bien.

— Il est maniaco-dépressif, dit ma grand-mère au pompier qui doit être le chef, mais ça, c'est nouveau, il ne m'avait jamais fait un truc pareil.

— On va devoir le transférer sur Saint-Benoît.

— Mais il supporte pas les hôpitaux...

— Pas le choix, on va lui donner des tranquillisants.

— À l'HP à Saint-Benoît ? je demande.

— Oui c'est encore le mieux, les urgences sont saturées de toute façon. On perdra moins de temps et ce sera plus calme.

Ma grand-mère tousse, sarcastique.

Je suis allée courir ce matin, dix kilomètres dans les bois. Pour l'entretien, parce qu'en réalité il n'y a rien de plus ennuyeux, de plus rébarbatif que la course à pied. Mais après on se sent mieux. J'écoute France Culture pour faire passer le temps, c'est la seule radio qui ne s'attarde pas sur le football, mais ils diffusent la messe, c'est un scandale, on ne peut pas tout avoir.

La situation est difficile, Jacqueline a sorti la Mercedes très tôt pour se rendre à l'hôpital, elle a fait beaucoup de bruit pour me réveiller, a pris des airs de femme forte qui assume en me disant que tout ça est vraiment très dur et heureusement qu'elle est là et heureusement qu'elle gère la situation. Quand je lui ai dit que je pouvais l'accompagner, elle a cessé de me répondre, s'est éloignée vers le garage.

Ma grand-mère est une de ces actrices ratées, noyées dans la multitude, ça n'a pas fonctionné pour des raisons que j'ignore, elle ne s'en est jamais remise. Elle a toujours des photos d'elle jeune et belle dans le salon, prises par un photographe qu'elle avait payé pour. Mais ça elle ne le dit pas, je l'ai su par hasard.

La maison de mes grands-parents est troglodytique, ma chambre au fond de la grotte, étroite et douce, perchée sur sa mezzanine, donne sur la grande salle à manger où Jean-Claude Coste, mon grand-père, reçoit ses convives. Je tourne en rond, lis un peu, dors un peu, Facebook, Instagram, Twitter, pas de notifications, pas de contacts, plus rien depuis quelque temps. Je suis sortie du circuit. La journée passe, rythmée par les repas du chien.

Ma grand-mère m'en veut, c'est à propos de mon immobilisme. Enfin elle m'en a toujours voulu pour quelque chose. Mais cette fois c'est particulier, je ne fais rien du tout. Je ne veux pas travailler. Je ne veux pas du train-train, j'ai eu peur. J'ai tout arrêté. J'attends que quelque chose m'arrive, je ne sais pas ce que je vais faire.

Je lis.

Ces deux derniers mois : *Demain les chiens*, *Printemps noir*, *La Conjuration des imbéciles*, *Ubik*, *Les Bienveillantes*, *American Psycho*.

Vers onze heures du soir je suis couchée, j'entends la voiture, puis la porte, puis la télé. Je n'ai pas le courage de l'affronter, je m'endors.

Je la trouve au petit matin, ronflant dans son fauteuil, frissonnante, la bouteille de rouge posée sur le guéridon à côté, celui qui est placé là pour supporter le téléphone, une bouteille, un verre. Je mets sur ses épaules un gros plaid en mohair. Son corps est d'angles et d'os, la peau se plie sans raison sur ses bras, s'enfuit dans les creux du visage, ses cheveux épais et blancs dégringolent du chignon, quelques épingles s'accrochent encore aux mèches.

Une petite phrase clignote sur l'écran de la télévision, ça dit « pas de signal ». Je l'éteins.

— Aujourd'hui c'est toi qui t'y colles, j'entends derrière moi. Elle a ouvert ses grands yeux gris.

— Tu m'emmènes ?

— Je ne vais pas faire le trajet tous les jours, hier j'ai passé la journée à lui trouver une chambre individuelle et à tout organiser avec les médecins.

— À organiser quoi ?

— Ben, à tout faire ! Tu te rends pas compte hein, son hospitalisation, comment ça va se passer et tout !

— C'est vrai qu'il y a personne pour s'occuper de tout ça. Heureusement que t'es là pour superviser les opérations comme d'habitude.

Elle s'énerve :

— Toi tu ne fais jamais rien et tout te tombe toujours tout cru alors tu crois qu'il n'y a rien à faire Soizic, mais des gens s'activent autour de toi.

— Ouais t'as raison, heureusement que Jacqueline Coste est là tous les jours pour sauver le monde !

— Qui te nourrit, glandeuse ?!

— La grosse retraite et les magouilles de Jean-Claude ! je crie en sortant et en claquant la porte.

Je ne sais pas conduire. Avant je vivais en ville à Poitiers, je n'en avais pas besoin, je me laissais simplement emmener par mes colocataires jusqu'au campus, ou bien je courais dans la côte qui mène au centre-ville pour attraper le bus à temps.

J'ai gonflé les pneus du vélo, Saint-Benoît-la-Forêt est à vingt kilomètres de Lerné qui est le village le plus proche de la maison. Petites routes puis routes nationales avec beaucoup de camions, ils me frôlent dans de grands courants d'air qui me déportent parfois vers le fossé. Je pédale jusqu'à l'hôpital, pose mon vélo après la barrière rouge et blanche du parking. Il est entouré d'un grand mur en tuffeau, derrière, la forêt de Chinon, immense et nue sous la fin de l'hiver.

Les bâtiments sont préfabriqués, en plastique épais, des cubes agrippés les uns aux autres, parfois empilés, à n'en plus finir.

Une feuille A4 est scotchée sur la première porte : « entrée visiteurs », il n'y a pas de poignée alors je sonne et attends. « Oui ? » dit une voix au bout d'un moment à l'interphone, des petits trous enfoncés dans un boîtier rectangulaire, « Bonjour, Soizic Coste, je viens voir Jean-Claude Coste ».

Une infirmière vient m'ouvrir, elle porte des chaussures en plastique qui s'écrient à chaque pas sur le linoléum et je grince des dents en la suivant.

Elle me fait attendre un peu, « Il est avec la psychiatre », je dois laisser ma carte d'identité en échange d'un badge.

Depuis l'accueil il faut passer par une seconde porte, très épaisse, avec un code et un petit hublot trouble au milieu. L'infirmière m'emmène au travers d'un couloir blanc et gris, troué de nombreuses chambres. Au bout, une très large vitre donne sur une sorte de salle à manger où des gens sont assis autour de jeux de société, certains ne font rien. Ça doit être ça les malades.

— Il est dans sa chambre me dit-elle, le traitement est un peu fort, il est très calme aujourd'hui.

— Mais qu'est-ce qu'il a alors ?

— On ne sait pas encore, ça ne ressemble pas à une crise maniaque, c'est plus proche du délire paranoïaque. Enfin c'est toujours compliqué à ce stade de donner un diagnostic précis, en plus il refuse de parler.

Mon grand-père, quasiment chauve, est adossé au mur, les jambes étalées sur le lit, son ventre, un peu plus gros que le reste du corps, repose sur le haut de ses cuisses. Il ressemble à son visage qui lui aussi est tout à fait rond, n'a pour relief que ce nez immense en angle droit, presque droit. L'ensemble crée un drôle d'effet, je n'y avais jamais fait attention avant. Il porte toujours son pantalon africain orange et bleu et jaune, n'a pas l'air de regarder quelque chose en particulier.

— Je t'ai pris des pantalons propres, je dis en posant un petit sac de voyage sur le lit.

Il me regarde et sourit.

— Tu veux te changer ?

— Non.

— Ça fait trois jours maintenant, il faudrait vraiment tu sais…

— Non !

Silence. Dans le couloir on entend quelqu'un qui crie : « Je veux parler à la juge ! » à intervalles réguliers.

— T'as mangé ?

— Oui c'est infâme, on va rentrer à la maison ?

— Non je crois qu'ils veulent que tu restes, je réponds.

— Soizic ils sont tous fous là-dedans.

Je rigole, lui aussi.

Il bâille et s'humecte très longuement les lèvres, je réprime un haut-le-cœur.

— Il faut que je boive je crois que je chauffe un peu, dit Jean-Claude.

Je trouve un verre à dents dans la salle de bains, le remplis à ras bord et le lui donne, il l'avale sans en laisser une goutte, « Ça va aller » il dit quand il a fini. « Je veux parler à la juge !! » se rapproche, le volume augmente.

— Tu as des cigarettes ? il demande.

— Oui.

— On va fumer ?

— Mais tu ne fumes pas Jean-Claude…

— Je veux voir si je peux conjurer le feu par le feu, et de

toute façon il n'y a rien d'autre à faire ici, tout le monde fume.

Je l'aide à se lever parce qu'il tremble beaucoup, « Médocs » il dit en se hissant dans une paire de chaussons à carreaux qu'on a dû lui prêter.

Quand on sort de la chambre « JE VEUX PARLER À LA JUGE !!!! » m'explose les tympans et une petite femme aussi parfaitement sphérique qu'une boule de pétanque se heurte à moi, elle m'agrippe : « Excusez-moi madame est-ce que vous pourriez me prêter votre téléphone pour que je puisse contacter la juge, je suis enfermée alors que je devrais être dehors. Ils m'ont enfermée pour me faire taire, ou alors je vous donne mon nom et vous l'appelez pour moi ? »

Je n'ose pas la repousser, une infirmière arrive derrière en me faisant signe que ça va : « Tu viens Magalie ? C'est l'heure de l'atelier » elle lui dit, « L'atelier c'est bien » répond Magalie toujours pendue à mon bras. Elle hésite : « mais la juge… », et Jean-Claude regarde la scène sans expression aucune.

Quand finalement elle s'est décidée pour l'atelier et que nous l'avons décrochée de moi en douceur, je suis Jean-Claude vers une courette au centre des bâtiments : « Elle est complètement folle », il commente quand on réentend « Je veux parler à la juge ! » à l'autre bout du couloir, et je ne peux pas m'empêcher d'imaginer que quelque part on l'aurait enfermée pour la rendre folle, pour la faire disparaître et que tout ça n'est qu'un vaste complot, ne lui laissant de place que pour crier désespérément après la juge, la justice, ses droits, son identité.

— Tu as vu, le jardin est au milieu, comme à la maison, dit Jean-Claude en allumant la cigarette que je viens de lui donner.

— T'es pas dépaysé.

— Je sais parfaitement que je délire et que cette histoire de feu n'est pas rationnelle tu sais.

— Ah oui ?

— Mais je ne sais pas comment t'expliquer, j'en suis tout de même persuadé. Je brûle au sens propre du terme, je le sens...

— Pourquoi tu ne veux pas parler aux médecins ?

— Ces gens-là sont des imbéciles.

— Boulgakov était médecin.

— C'est vrai c'est vrai.

— Tu leur as dit que tu avais arrêté de boire ?

— Je vois pas le rapport.

Autour de nous de petits groupes de patients épars boivent du café, mangent un gâteau, s'échangent des cigarettes, deux types assez jeunes jouent aux cartes, assis en tailleur par terre. A priori, il n'y a rien de particulier, sinon une impression étrange de mollesse, une pesanteur inconnue circulant entre les corps. Jean-Claude semble retomber dans ses pensées, très loin. Il fait la grimace à chaque fois qu'il prend une taffe, observe le jardinet entouré de grillages. Il y en a aussi au-dessus des préfabriqués, tout est très bien fermé.

D'un seul coup il dit :

— Je suis un monstre. Tu manges dans l'assiette et avec l'argent d'un monstre tous les jours Soizic.

— Je croyais que tu ne faisais que des éloges de toi-même.

— Ma fille me manque.

— Quoi ?!

— Ta mère, elle me manque, je suis un monstre.

Silence, je suis prise de court, je ne sais pas quoi dire.

— Je vais cramer de la tête aux pieds, je suis un mauvais père, on a fait n'importe quoi, on a tout foiré, on est affreux, elle nous déteste.

Il se tait, j'ai très froid, il ne parle jamais d'elle.

— Je ne peux pas vivre sans elle, on l'a foutue en l'air, on est tous foutus en l'air. Et toi Soizic, tu veux rester ici au moins, tu vas t'occuper de tes grands-parents, à sa place, tu fais tout ce qu'elle n'a pas fait. Tu vas jouer son rôle, tu joues son rôle, mais ce sera jamais elle. Parfois je crois que c'est elle qui descend l'escalier, j'attends, avec du café, avec des tartines et puis tu entres dans la pièce à sa place. Tu es toujours à sa place.

Je prends les mots, j'entends et je n'existe plus. Il suffoque de chagrin, il a les yeux qui regardent au travers de moi. Il cherche derrière moi, sous ma peau, ma mère qui n'est pas là.

— Elle est toujours à Paris ?

Il ne répond pas. Il bouillonne et il veut de l'eau, je vais lui en chercher, de la très froide pour refroidir le système. Avant qu'il se mette encore à brûler.

Et puis je m'en vais, je sors du plastique et retrouve le béton du parking. Il fait beau et doux, le soleil chauffe le sol et mon visage, quelques graviers crissent sous mes baskets.

J'enfourche mon vélo et regagne la route nationale qui serpente, monte et descend en plein milieu de la forêt, c'est plus dur qu'à l'aller. Je ne comprends pas pourquoi ma mère encombre toujours le paysage sans que jamais je l'aperçoive.

— Oh ! Oh ! Soizic ! Oh !

Je prends conscience de l'énorme bruit de moteur qui me rattrape. Pierre dans son tracteur vert et la longue remorque vide derrière, le voisin, fermier.

— Bonjour ! je crie quand il arrive à ma hauteur.

— Qu'est-ce que tu fous à vélo ici ?! C'est hyper dangereux ! Il hurle pour se faire entendre.

Je hurle à mon tour :

— J'ai pas le permis !

— Mais… Merde ! Il ralentit et stoppe sa machine en warnings au milieu de la route, je m'arrête aussi. « Monte ma fille ! Ces vieux bourges ! N'importe quoi ! Mets ton vélo dans la remorque je te ramène chez toi ! »

Quelques automobilistes klaxonnent en le doublant, je passe mon VTT par-dessus bord et m'installe avec dans la remorque. Sur le tracteur il n'y a qu'une seule place. La paille, étalée sur le plancher en bois, fait de la poussière. J'éternue. Pierre redémarre, l'engin se met à hurler puis ronfle en montant, en descendant les côtes avec une infinie lenteur. Je m'allonge sur le dos et regarde le ciel, la forêt. Des brindilles se piquent à mes collants et mes cheveux. Je veux pleurer. J'attends. Ça ne vient pas. Je force un peu, toujours rien. J'ouvre grand les yeux. Y a rien à faire, simplement, ça pique et c'est tout sec.

Six jours la même chose, vélo, HP, route nationale. Jacqueline dit toujours qu'elle va y aller demain, mais le matin commence, elle se lève tard, fait mine de s'affairer, sort le gros classeur à papiers administratifs et le fracasse sur la table avec des airs de tragédienne débordée. Elle dit : « Soizic, j'ai trop de choses à faire, c'est trop tout ça, fais ta part du travail, va voir ton grand-père. » Je dis oui, gonfle le vélo et m'en vais.

Mon grand-père ne parle quasiment plus, ils l'ont assommé à je ne sais quoi, son corps est parcouru de secousses, je reste là, à côté, lui sers de l'eau, fais la lecture, mais il n'écoute pas, il n'est pas là. Il revient deux minutes et s'en va. J'arrive à croiser la psychiatre, je lui dis que Jean-Claude vient d'arrêter de boire, que c'est peut-être lié :

— Oui, c'est ce que je suis en train de comprendre toute seule, mais merci de me le dire, ça confirme.

— Mais alors du coup qu'est-ce qu'il a ? je demande.

— Ça ressemble au delirium tremens.

Quand je rentre le soir, le classeur et son actrice sont toujours sur la table. Le classeur est fermé et l'actrice est saoule avec sa télécommande. Elle dit qu'elle a tellement travaillé, elle n'en peut plus. Il n'y a jamais moyen de savoir ce qu'elle a fait au juste. Le frigo est vide. Hier elle n'a pas mangé.

Alors aujourd'hui en revenant de l'hôpital je fais un crochet par Leclerc avec un sac de randonnée sur le dos. À la caisse, je vois Audrey Baudouin, je lui dis « Qu'est-ce que tu fous derrière la caisse ? », elle est contente de me voir, elle aussi elle est rentrée chez ses parents. Le lycée, la fac à Tours et puis Leclerc à Chinon. Faux départ. D'ailleurs ils embauchent, elle peut faire passer mon CV, elle dit que ce serait marrant qu'on bosse ensemble. Je réponds que oui, c'est vrai que ce serait drôle. Je repars avec mon sac plein.

La route. Sur le bas-côté, je vois un chevreuil ébloui par les phares des voitures. Il hésite, j'ai peur pour lui et je crie de toutes mes forces, il fait du surplace, panique, semble peiner à respirer, à reprendre son souffle, les secondes s'accrochent à nous, je file vers lui à vélo, ne parvenant pas à freiner suffisamment, la descente est à pic. Un camion arrive en face et la bête me regarde ahurie, je crie encore, il renonce, disparaît dans les profondeurs de la forêt, le camion passe. Je m'arrête enfin au bord du fossé. Je tremble, je me sens vivante, pour la première fois depuis des mois. Je n'en peux plus.

Je ne peux pas rester là. C'est trop.

Une chose se déplace, se met en branle dans mon mécanisme, je le sens arriver de loin, c'est un murmure qui dit : « Va-t'en. »

*

Quand j'arrive je décharge les courses, Jacqueline est devant *Orange Is the New Black* avec un paquet de chips et une bière. Soixante-treize ans.

Je me plante entre l'écran et elle :

— Il ne veut pas changer son foutu pantalon, ça commence à ne pas faire très propre !

— Tu veux bien te décaler un petit peu s'il te plaît ? elle dit d'un air agacé.

— Et sinon il a parlé de ma mère, il dit qu'il est un monstre.

Je la sens devenir un peu plus rigide dans son fauteuil.

— Quelle emmerdeuse. Même quand elle est pas là.

— Il a dit que vous l'avez foutue en l'air.

— Arrête ça tout de suite !

— Pourquoi tu leur as pas expliqué aux médecins qu'il avait arrêté de boire ?

— C'est vrai que ça a peut-être un lien, il picolait beaucoup.

— Oui, et toi t'es toujours très raisonnable !

— Ça n'a rien à voir, elle coupe, vraiment rien à voir.

Je me laisse tomber sur le canapé, ses yeux repartent vers l'écran, je reste assise un moment. Les meubles, les tapis passés par le soleil. Les bibelots du salon ont tracé leur empreinte sur les étagères en ne bougeant jamais. Tout ça brillait davantage il y a vingt ans, mais je ne saurais pas m'en souvenir. Tout a toujours été vieux et chic et râpé. Jacqueline a toujours été dans son fauteuil Chesterfield avec les photos de sa belle époque. Autour, les saisons s'en vont par les fenêtres. J'étouffe. La maison est un monstre étouffé.

— Je vais partir Jacqueline.

Elle sourit.

— Je vais aller à Paris.

— Pour quoi faire ?

— Travailler.

— Ouais, t'es une branleuse, arrête ton char, dis-moi la vraie raison.

— Je veux plus vivre ici.

— Et tu vas crécher où ?

— J'ai des sous de côté.

— Soizic, assume ! tu vas chercher ta mère !

— Je m'en fous d'elle !

Elle se tourne vers moi, me regarde de ses yeux froids qu'elle ouvre davantage pour m'impressionner.

— Menteuse, elle dit.

Je réponds que d'ici trois jours je serai partie, je le marmonne, je le murmure. Elle rit.

Les jours qui suivent elle ne dessaoule plus. Jacqueline tombe dans un trou, ça lui arrive. Ce matin, je ne m'en vais plus vraiment pour voir Jean-Claude, je veux me réfugier à l'HP. Mais là-bas, ils me disent qu'il doit rester un temps sans voir ses proches.

Je reviens à la maison. Cherche un endroit tranquille, mais ma grand-mère est partout jusque dans ma tête, elle fait une fixette, elle clignote, Paris, Paris. Elle sent le vieil alcool, il flotte en elle depuis des jours, il s'additionne et s'approfondit comme la semaine passe. Les vêtements, son fauteuil et le chien même, ont l'air de sentir légèrement.

Jacqueline me tourne autour comme un oiseau furieux. Elle raisonne, fabrique des certitudes, Soizic ne partira pas. Elle me coince. Si je pars à Paris c'est pour retrouver ma mère, si je ne pars pas je suis une poule mouillée, si je vais ailleurs je suis une ratée. Qu'est-ce que tu préfères ?

— Mais fous-moi la paix ! je m'écrie en renversant du café tout autour de la tasse.

Elle veut dire une saloperie, je la coupe :

— On sort, tout de suite, allez dehors, mets ton manteau, dehors !

Elle proteste, je nous pousse hors du jardin, elle, le chien et moi.

La route s'entortille au-dessus de la maison en allant vers les bois. Ça monte, c'est bien, elle se tait. Depuis longtemps, quand Jacqueline dérape, je la sors, je la fais suer dans la côte pour qu'elle cuve un peu, et puis on s'aventure en haut du coteau, d'habitude, petit à petit, elle arrête de tourner en boucle. « On marche jusqu'à la souche tordue et on revient. »

— Tu partiras pas, elle souffle, on ne va pas à Paris comme ça, ça se prépare, faut un boulot et un logement, c'est tout un monde. Toi tu dis ça comme t'irais à la plage, c'est ridicule, c'est une parodie foireuse.

— Quoi ?

— C'est une parodie foireuse, t'es une parodie foireuse.

— Une parodie de quoi ? de qui ?

Elle ne répond pas, elle donne de petits coups de pied dans un caillou en marchant.

— Tu vas trop loin Jacqueline.

Je la plante au milieu du chemin, redescends avec le chien parce que j'ai peur qu'en plus, elle le perde. Il est vraiment déçu.

Paris. J'avais dit ça sans trop réfléchir. Et maintenant c'est une pulsion, je réagis à l'immobile, à l'étouffement. M'en aller comme ça. Et pour quoi faire ?

Elle se trompe. Les sites d'annonces pour des emplois sont pleins à craquer. Même si ça a été plus long que ce que je m'imaginais. Deux semaines. Mais j'ai trouvé. Elle se trompe.

Ensuite il a fallu réfléchir à un appartement, une chambre, n'importe quoi où je pourrais dormir. J'ai posé des questions sur les forums. Je suis amatrice de questions-réponses, je n'aime pas chercher sur Internet, je ne vais jamais au bout, ça m'ennuie. Alors je pose mes filets : « Est-ce que quelqu'un aurait une idée pour un logement pas cher à Paris ? », j'écris ça un peu partout et j'attends. J'ai mis deux jours à cheminer vers les hôtels, finalement on m'a donné une adresse, des chambres au mois, je ne savais pas que ça se faisait encore, comme dans les livres américains. J'ai téléphoné pour réserver. Son du fixe grésillant salement, à cause de la box m'a dit l'homme au téléphone. On a pu fixer une date rapidement. Il ne comprenait rien dans son brouillard sonore, ça a coupé trois fois. J'ai dû rappeler, leur téléphone me met le doute. Je ne peux plus reculer, est-ce que cet endroit est fiable ? Je ne peux plus changer d'avis devant Jacqueline qui se moque. Je l'ai dit, je suis obligée sinon ce sera la honte.

Mon sac de voyage est posé sur le lit, je le remplis de tout ce que je peux, tout ce qui est important. Vêtements, livres, huiles essentielles, paperasse, Imodium, Poly-Karaya, Smecta, Nurofen, Zirtec, Celestamine, vitamine C, ma cafetière à l'italienne, Doliprane, trois paquets de cigarettes, arnica, tea tree en grosse bouteille parce que ça guérit tout, aloe vera pour les brûlures, l'eczéma, etc. Je suis fébrile. Je prévois aussi un pantalon noir slim avec une veste de tailleur. Dans trois jours j'ai un entretien d'embauche. Elles m'ont appelée tout de suite, c'est une agence d'hôtesses d'accueil, des filles comme moi elles en cherchent tout le temps apparemment.

La cafetière gargouille en bas dans la cuisine, il est neuf heures du matin. Quand je descends, Jacqueline m'a préparé une tasse. Elle ne prépare jamais rien pour personne. On ne se parle pas, elle me regarde boire le café, manger des tartines, beaucoup de tartines, fumer deux cigarettes. Je n'aime pas qu'on me regarde manger. Elle le sait.

— Je ne peux pas faire les choses toute seule Soizic, j'ai besoin de toi.

— Qu'est-ce que tu veux ?

— Tu peux pas partir la semaine prochaine au moins ? Comme ça aujourd'hui tu vas voir ton grand-père…

— J'y suis allée dix fois en quinze jours et toi deux je te signale.

— Mais j'ai plein de trucs à gérer, la maison, tout, les papiers, la banque…

— Arrête, tu passes tes journées devant Netflix et tu picoles depuis qu'il est à l'hosto.

— C'est pas vrai !

— Je pars.

— Tu ne vas pas partir, elle dit.

— Ça fait des mois que tu veux que je m'en aille, je m'en vais et tu n'es toujours pas contente.

— T'es d'une mauvaise foi, elle gronde, ça, c'est d'une lâcheté ! ton entretien tu seras jamais prise ! puis ton hôtel là tu sais quoi, je suis sûre que c'est un bouge et tu vas revenir la queue entre les jambes !

— Je ne crois pas.

Elle a un petit rire mauvais.

★

Le trajet entre la maison et la gare de Chinon, valise chargée dans le coffre, enfance qui s'enfuit par morceaux, disparaît dans les champs de colza en fleur.

Jacqueline au volant explose les compteurs de la nouvelle Mercedes. Elle fait la gueule, moi je me concentre sur la route, loin devant, pour ne pas vomir dans les virages.

Arrivées à la gare, elle se range à cheval sur deux places de parking, manque de percuter une dame terrorisée qui s'accroche à son sac à main, faute de prise, elle souffle :

— Non mais vous êtes complètement malade !

Jacqueline lui fait un doigt d'honneur et l'autre détale, coince le bout de son blouson dans la portière de sa Clio, s'évapore dans un bruit de moteur mal embrayé.

— On t'as payé des études, toi tu fiches tout par terre, tu arrêtes tout n'importe comment et quand mademoiselle, après avoir mangé aux crochets des retraités, veut s'en aller, elle ne s'occupe pas de savoir si les autres ont besoin d'elle ! Pour un boulot de sous-fifre en plus.

Je ne réponds pas, je rejette la culpabilité qu'elle tente d'installer en moi. Je crois que je ne suis pas tout à fait consciente de ce que je fais, m'en aller vers Paris, ne plus jamais vivre ici. Le visage de ma grand-mère est contracté, les plis de la peau, l'orientation de la bouche, le froissement du nez, tout est arrangé en une expression de froideur, elle ne me regarde plus.

On reste longtemps dans la voiture à ne rien dire, je l'observe, elle est plongée dans ses pensées, j'attends.

— Bon, elle finit par dire, tu te rappelles qu'on a un peu de famille à Paris ? On en a parlé quelques fois.

— Oui, c'est des cousins c'est ça ?

— Le grand-cousin qui est le cousin de ta mère, et son fils qui a ton âge, tu vas être isolée là-bas, c'est pas forcément facile au début, tu pourrais les rencontrer, ça te fera des gens à voir.

— Je suis très bien toute seule, je suis tout à fait capable de me faire des amis, d'ailleurs j'en ai déjà un là-bas, je m'agace.

— Qui ça ?

— Un ami.

— Qui ?

Elle ricane, je m'enfonce dans mon siège, vexée.

Jacqueline déchire une page de son agenda, note quelque chose dessus.

— Si jamais tu as envie, tu vas en bord de Seine, c'est des bouquinistes.

Sur le papier il est écrit « quai de Montebello, Bokné ».

— C'est quoi Bokné ?

— Ton cousin, vas-y plutôt le week-end tu seras sûre de le trouver.

J'attrape une cigarette dans mon paquet.

— Et ma mère elle est bouquiniste aussi ?

— Non.

— Elle fait quoi ?

Jacqueline sort un cigare de la boîte à gants, moi j'ouvre ma portière sans la quitter des yeux, étends mes jambes au-dehors. J'attends qu'elle crapote sa première goulée grise, qu'elle se gratte la joue, le nez...

— Jacqueline !

— Oui !

— Pourquoi tu veux jamais rien me dire ? Même pas son métier ?

— Parce que j'en sais rien !

— Si tu sais.

Elle se tasse sur son siège.

— Je crois pas qu'il faille que tu te renseignes à son sujet.

— Évidemment...

— Elle n'a plus jamais voulu te voir, ça sert à rien que tu la cherches.

— ...

— Hein Soizic ?

— Ça va je m’en fous !

— C’est très bien.

On s’est dit au revoir sur le quai.

Je crois qu’elle a regardé pendant longtemps le train disparaître, avec moi dedans, mes cliques et mes claques.

Je suis étalée de tout mon long sur les sièges du compartiment, sur ceux d'en face il y a mon sac que je n'ai pas pu monter dans les porte-bagages.

Tout ça aurait pu être autrement.

J'aime la culture, toute la culture. Je devais faire un très bon master avec des stages. J'ai toujours été douée à l'école puis à la fac. Ils disaient que je pouvais entrer dans les meilleurs cursus. À Paris par exemple, la capitale, les grandes universités de Paris.

Mais je ne l'ai pas fait. Je n'aime pas travailler. Aller le matin, revenir le soir, pour quoi faire ? J'ai eu un stage au théâtre national de Poitiers, c'était moins rutilant et prestigieux vu de l'intérieur, il y avait beaucoup de tâches à faire, des gens qu'il faut traiter de telle ou telle manière. Tout le monde veut avoir l'air de quelque chose, en allant le matin, en rentrant le soir. J'aurais pu faire médecine ils disaient ? Hé ! C'est partout pareil, même dans les autres métiers, pour quoi faire ? Je ne comprends pas le sens, c'est absurde. Hôtesse d'accueil ou médecin ?

Sauf les métiers artistiques.

Je ne suis pas une artiste, je le saurais. Si si, je viens preuve à l'appui, regarde. Je ne suis pas une artiste, je fais défiler les photos de mon compte Instagram. Ah ça non, tu n'es pas une artiste.

À Orléans je fais semblant de dormir, des voyageurs cherchent une place, stationnent un peu devant ma porte et renoncent. Qu'ils se tassent dans les carrés voisins. C'est un des derniers vieux trains à sièges mous qui rebondissent, tressautent sur les rails, tandis que le poids des wagons se porte à gauche ou à droite, que les accordéons s'étirent en pleurant.

*

Paris dans son ciel bleu, profond et sale, le parvis de la gare d'Austerlitz, métro aérien qui traverse emmailloté dans son tissage de fer au-dessus de ma tête. On s'est avancés dans le mois de mai.

Je monte vers la ligne 5, ensuite il faudra prendre la 4 à Gare de l'Est, je vérifie plusieurs fois sur mon téléphone parce que j'ai peur de me tromper.

L'hôtel est dans un quartier du dix-huitième arrondissement. Ils demandent une caution de 500 euros, et un loyer de 500 euros pour une chambrette de neuf mètres carrés avec vue sur cour, douche et évier. J'ai 1 500 euros de côté. Ça tombe bien. C'est parfait. Je m'arrête à Château Rouge, bazar innommable, un marché tout étalé sur des poubelles le long de la rue, avec des bouts de plastique, des épluchures et des petits papiers partout, ça sent fort le poisson et la viande.

Suivant mon GPS je descends la rue Poulet. Ce quartier détruit un peu l'image que j'avais de Paris, celle des rues immenses et pleines de voitures avec des gens bien habillés et riches sur des trottoirs parsemés de clochards.

« Les Mimosas » est écrit sur la façade en grosses lettres passées et rouges. De grands et beaux graphes remplissent le mur extérieur, ils s'interrompent aux pourtours des vitres et des portes et l'on devine que le centre et le sens de l'œuvre sont peints sur les volets roulants métalliques repliés juste au-dessus.

À première vue, mon hôtel est un bistrot type routier avec une salle restaurant et des nappes à carreaux. Sur la carte, je vois toutes sortes de couscous, brochettes, tajines. J'ai peur de m'être trompée d'endroit, pas de trace de réception.

J'entre et me dirige vers le bar, c'est grand, un vélo antique à droite est accroché en hauteur, il sépare le bistrot de là où l'on mange. Deux mamies attablées, couverts en main, quart de rosé, s'attellent au rumsteck avec frites.

À gauche, le bar longe le mur, au fond, une porte vers autre chose et une autre porte pour les toilettes. Le carrelage en rosaces bleues et blanches s'arrête peu après l'entrée pour laisser place à de petits carreaux jaunis.

Je pose mon sac par terre et attends au comptoir. Que quelqu'un vienne. Je me regarde dans la longue glace en face de moi, par endroits cachée sous des étagères remplies de belles bouteilles.

Au bout d'un petit moment un homme trapu en jean taille basse entre, il sent le graillon.

— Bonjour, il dit après m'avoir longuement dévisagée, les yeux drôlement écarquillés.

— Bonjour, je cherche l'hôtel Les Mimosas.

— Oui vous y êtes.

— J'ai réservé une chambre.

Il fronce les sourcils :

— À quel nom ?

— Coste. Soizic.

Il attrape un gros registre qu'il feuillette rapidement. « Ah ouais en effet. » Il m'observe et ça m'agace un peu :

— Qu'est-ce qu'il y a ?

— C'est simplement que « Soizic », j'ai cru que c'était un nom de mec moi. Puis au téléphone, avec les interférences… enfin j'ai cru.

Silence.

— Ah, je dis pour le rompre.

— Mais bon, suivez-moi.

On prend une petite porte qui mène sur le côté à un hall d'immeuble. Je suis inquiète maintenant, et le suis encore plus quand nous arrivons devant un moustachu assez âgé, assis devant une table de camping et qui semble incarner la réception de l'hôtel. Il est vautré dans un large fauteuil en cuir, sirote un thé à la menthe en me regardant pardessus ses lunettes. À portée de sa main, quelques petits Lu au beurre dans une assiette en plastique. Le mec du bar lui explique l'air ennuyé que j'ai pris une chambre pour un mois.

— Ah bon ? il lâche.

— Elle a réservé la semaine dernière.

— Mince.

— Mais c'est quoi ici ? je dis un peu énervée. C'est un truc avec des prostituées ? C'est un endroit qui craint ?

— Non, non pas du tout ! Asseyez-vous mademoiselle, vous voulez du thé ?

— Non merci.

— Aziz sers-lui un verre. Et il fait passer une chaise en plastique par-dessus la table, je la récupère. Vous inquiétez pas, c'est qu'on n'a pas l'habitude de voir des petites comme vous ici, vous êtes en vacances ?

— Pour l'instant oui.

— Et vous arrivez d'où comme ça ?

Il connaît la Touraine, il y a passé des vacances avec sa femme, ils ont visité plein de châteaux, il parle fromage de chèvre avec des étoiles dans les yeux comme si chez moi c'était un nirvana verdoyant, plein de vignes et de rivières qui se promènent autour de la Loire. Je me sens moins mal à l'aise de savoir que ce type part en vacances avec sa femme, ça rend les choses un peu plus normales. Le thé est très sucré et très bon. Je mâchonne les feuilles de menthe en remontant les jardins de Villandry. Aziz le trapu remonte imperceptiblement son jean, appuyé derrière le papy contre le chambranle de la porte, ses yeux fixés sur moi.

— Moi c'est Louis, dit le vieux au bout d'un moment, c'est mon père, il voulait que je sois fort comme les rois, Aziz c'est mon petit-fils, le plus grand. Bon, mais quand même il faut que je vous dise, l'hôtel ici, on prend rarement des bonnes femmes, là vous serez la seule, on a plutôt des types un peu fatigués ou des ouvriers. C'est calme, y a pas de bazar, moi je contrôle entrées et sorties, au moindre débordement, c'est la porte donc voilà, ça ira pour vous, c'est juste que je craignais que vous ne soyez pas très à l'aise.

— Ça m'est égal, je voulais une chambre pour dormir, si il y a un lit, un évier, et une douche comme prévu c'est parfait.

Un canapé-lit, une télé à tube cathodique, un placard dans le mur, au fond, lavabo et douche. C'est vieillot, mais très propre. Quand même c'est particulier, ma chambre, correcte, mais pas Instagramable du tout. J'ai mis mon smartphone à charger, je suis assise sur le canapé, mon sac éventré aux pieds. Je n'ose pas ranger mes affaires dans le placard. J'ai tout de même posé ma cafetière sur la petite tablette contre le mur.

J'observe longuement la télévision, Aziz n'a pas voulu la récupérer. Bon.

J'ouvre le placard et avise l'espace du bas, puis soulève la télé et cherche à l'y faire rentrer, ça bloque, je la pousse, j'appuie, je m'assois dessus, pousse. Et ça fait un grand « crac ! ».

Elle dépasse toujours et le placard ne ferme plus. Je n'ose plus y toucher, j'ai entendu un morceau tomber au fond dans un bruit de plastique. J'abandonne. En m'écroulant sur le canapé je pense déjà à ma caution. Il faudra acheter des draps. Qu'est-ce que je suis venue faire ici ? Je ne réfléchis jamais à rien vraiment. J'envoie un message à

Jacqueline pour dire que je suis bien arrivée, elle ne répondra pas.

Les toilettes sont à la turque et sur le palier. Partagées par les six locataires de l'étage. Quand j'y entre, tout est trempé du sol au plafond, papier compris, ça aussi il faudra que j'en achète. Ils nettoient d'une drôle de façon.

Je réfléchis longtemps à comment je vais faire pour me nourrir sans cuisine et sans frigo. Je n'ai pas mangé de la journée. Dehors le ciel est opaque, il tombe sur les toits, je me couvre et sors. C'est toujours pareil, bruyant, vivant, plein d'odeurs dont je n'ai pas l'habitude, de ville, de ciment humide, d'épices, de cuisines de restaurant et de poubelles, tout mélangé. Dans un des bazars qui envahissent le quartier je trouve des plaques électriques, une poêle, une casserole, de la vaisselle, pour 40 euros. C'est bien les bazars, il y a plein de choses, même du vernis à ongles et des moulins à vent, je vais y retourner souvent. Je suis une grosse consommatrice de saloperies qui ne servent à rien. En passant vers le métro aérien, Barbès-Rochechouart, je découvre l'empereur des bazars, Tati. Tout un immeuble de trucs pas chers. Quand j'étais petite il y avait un type sur France Inter qui faisait une chronique sur ce qu'il trouvait chez Tati. Je croyais que ce magasin n'existait pas vraiment. Que c'était un fantasme. Je vais y aller tout le temps. Je vais y claquer mon argent quand j'en aurai.

Je prends une quiche dans une boulangerie, installe les

plaques électriques là où était la télé, les vêtements dans le placard avec la vaisselle et les coquillettes.

Après je ne sais plus quoi faire. Je regarde un peu mes livres, je les ai tous lus, ils sont entassés près du canapé-lit.

Je longe le métro aérien, m'en éloigne un peu. Cambronne. Il est neuf heures du matin, j'ai une heure d'avance.

J'ai eu peur de ne pas entendre mon réveil, peur de changer trois fois de tenue et de me mettre en retard, de ne pas parvenir à hisser sur ma tête un chignon suffisamment mousseux et bien rangé. Mes cheveux ne répondent pas tous les jours à mon désir d'être coiffée. L'entreprise s'est révélée particulièrement ardue, il a fallu dix épingles et quatre tentatives. Impossible de savoir ensuite à quoi ils ressemblaient de profil et de derrière, après quelques selfies flous j'ai réalisé une vidéo autour de ma tête. Concluante. L'unique glace au-dessus de l'évier fait la taille d'un morceau de carrelage, l'image qu'elle me renvoie est abrupte, clairsemée de taches noires en surface.

La crainte de me perdre à la sortie de la station a encombré mon esprit pendant tout le trajet. Je me suis imaginé que mon GPS m'enverrait à une fausse adresse et qu'il me faudrait retourner le pâté de maisons dans tous les sens pour parvenir aux bureaux de Phone Régie.

Mais tout a été simple. J'ai une heure d'avance exactement.

J'avise la terrasse d'une brasserie en coin de rue et commande un café allongé. Fume un peu, mais pas trop.

Quand la première demi-heure s'en est enfin allée, la terrasse s'est mouchetée de gens. Je ne suis plus seule. Un homme ovale en costume demande un steak-frites, mais ce n'est pas l'heure. Il se rabat tristement sur un pichet de rouge et tente de téléphoner pour s'occuper, après plusieurs essais il renonce. Pas de steak et personne à qui parler.

Je retire le rouge du vernis qui dépasse légèrement par endroits au bout de mes doigts avec la clef de ma chambre. Ça me tient occupée quatre minutes. Je le sais parce que je regarde sans arrêt l'heure sur mon téléphone. Le gars ovale me fait une imperceptible grimace quand je sors mon rouge à lèvres, si bien qu'après je me sens observée par tout le monde autour. Pour l'appliquer, mon téléphone est tenu en autoportrait et à l'envers, c'est plus précis, j'ai appris ça quelque part sur Internet. Le rouge à lèvres, c'est celui de Rihanna, « pour toutes les couleurs de peau ». Il va à tout le monde, Rihanna était si belle et pure sur la photo, moi je suis moins belle. Je ne sais pas si je suis belle. Mais tout de même, à l'autre bout du monde elle se débrouille pour que j'aie un beau rouge à lèvres pas cher chez Sephora. C'est l'heure. Je me lève.

Je suis dans le hall d'entrée près d'une petite table avec des magazines dessus, quinze minutes avant mon rendez-vous. On me donne un formulaire à remplir, entre autres références il faut y indiquer sa taille et ses mensurations exactes.

La RH me lance un premier regard satisfait et légèrement impressionné. Je la dépasse de vingt centimètres, elle me le fait remarquer par une petite plaisanterie à laquelle je ris poliment. Elle en profite pour jeter un œil à mes dents blanches et droites et me laisse entrer avec un enthousiasme discret dans son bureau.

Elles sont deux, ça va vite, je réponds à tout, c'est à propos de mon aisance avec le public, quels sont mes points forts et mes faiblesses ? Pourquoi les métiers de l'accueil, qu'est-ce qui me pousse à vouloir intégrer Phone Régie ? Je brode. Qualité : exigeante avec moi-même. Défauts : trop exigeante avec moi-même. Tout ça pour ne pas dire le mot « perfectionniste ». Elles veulent ensuite que je leur raconte mes dernières vacances en anglais. Mais ces dernières années je ne suis partie nulle part parce que je n'aime pas voyager, alors j'invente un week-end à La Rochelle avec des amies que je n'ai pas, nous y avons fait du bateau, les boutiques, mangé des glaces et une bouillabaisse. Ça leur convient. Mon anglais n'est pas extraordinaire, mais elles s'attardent sur mon parcours scolaire. J'ai été major de ma promo pendant mes trois années de licence à Poitiers et l'ai mis sur mon CV. Les hôtesses cultivées qui savent suivre des conversations un peu élevées ça plaît aux clients, ça fait très bien dans le cabinet d'avocats luxueux où elles veulent me mettre. Trente heures par semaine. 990 euros net avec prime de 60 euros pour l'habillage et le maquillage. Un CDI, deux mois d'essai durant lesquels je ferai des efforts incommensurables pour me taire et sourire, et après ce sera bon, dossier correct et l'appartement parisien. Exit l'hôtel. Je dis oui à tout. Nous sommes toutes les trois très contentes.

Nous prenons rendez-vous pour ma formation la semaine prochaine.

Moi et mon corps extra-long au format idéal d'hôtesse d'accueil en cabinet d'avocats sortons de là avec une impression de soulagement teintée de quelques haut-le-cœur.

Tout s'est avéré au final extrêmement facile.

*

Je déteste les toilettes communes des Mimosas, je déteste les toilettes à la turque, je déteste la porte fine qui les cache et quand j'y entre elles sont tout à fait imbibées, inondées. Je m'accroupis, une goutte d'eau me tombe sur le nez. Et toujours pas de papier sec.

Je m'allonge sur le canapé, regarde le plafond de cet endroit minuscule. Quand je suis rentrée le vieux Louis dormait à sa réception de fortune, lunettes accrochées au col se déplaçant lentement sur sa poitrine comme il respirait. Je n'ai pas fait un bruit.

J'ai acheté un pack de bières et des cigarettes, déplie mon canapé-lit. En piratant un réseau proche, je me connecte au compte Netflix de mes grands-parents, ils n'ont de forfait que pour un seul écran, je sais très bien que le temps que je regarde une série, ils ne peuvent pas se connecter. Je bois toute la bière et je fume toutes mes cigarettes.

Je m'ennuie, je finis par appeler Zonebbu, mon ami, le

seul que je connaisse dans la capitale, laisse un message. Je ne lui ai pas dit que je venais à Paris, tout a été trop vite.

Au bout d'un moment je m'écroule dans un sommeil moite.

Demain c'est samedi. Je ne vais pas rester là, je vais partir vite. Vers un endroit meilleur.

Un drôle d'air lourd de fleurs et de choses humaines se fige en nappes épaisses autour des immeubles et de la peau. Je découvre le maïs grillé sur les caddies du dix-huitième arrondissement qui ferait hurler ma grand-mère tellement c'est pas hygiénique et délicieux.

Dans la rue, au bout d'un moment j'étouffe, c'est trop, les regards, les gens, les voix, je n'ai pas l'habitude. Je remonte la capuche de mon sweat, glisse près des murs, évite les attroupements, traverse et retraverse, je marche vite, sans m'arrêter, entre chez Tati, cherche des rayons solitaires, en vain, je ne veux pas rentrer à l'hôtel, je ne saurais pas quoi y faire. Une femme me pousse en passant derrière moi vers les shampoings, sans dire pardon. J'ai le temps de lui faire un croche-pied mine de rien, elle trébuche et se précipite contre les brosses à cheveux en s'écriant « Eeehhhhh ! », je n'aime pas l'impolitesse. Je m'éloigne avant qu'elle se redresse.

Après étude de mon plan de métro, je m'enfonce dans la terre, les tunnels noirs de crasse et d'électricité, jusqu'à Cité.

En sortant je marche vers Notre-Dame, je vois ses grues et ses échafaudages. Des palissades colorées autour décrivent le projet de reconstruction. Elle ressemble à un grand récipient dont quelqu'un aurait cassé le couvercle. J'aurais bien aimé la voir entière avec sa flèche.

Je longe les quais de Seine, « quai de Montebello, Bokné ».

J'erre devant les caisses vertes pleines de livres et de cartes postales à la recherche d'un cousin que je n'ai jamais vu.

*

J'ai une vague nausée depuis que j'ai fini mon maïs, ou bien c'est à cause de la quantité de livres, d'affiches, de gravures et d'objets superflus destinés aux touristes : tours Eiffel en plastique, magnets pour le frigo, cartes postales, dessous-de-verre, pinces à cheveux, tasses à café, plateaux pour les tasses à café, sets de table pour poser les plateaux et les tasses à café…

J'observe les fausses Jocondes à accrocher à l'envers au mur du salon pour dire au monde qu'on est original, ou à l'endroit dans les toilettes parce que ce sont des toilettes et qu'on y met toujours la Joconde à l'endroit.

Selon les stands, tout est jeté, entassé en vrac, ou bien soigneusement rangé par formes et couleurs en lignes droites, ça doit dépendre de la mentalité du bouquiniste. Les livres sont dans les coffres ou débordent sur les murets quand il y a de la place, il y en a de toutes sortes et à propos de tout, de l'ésotérisme aux mathématiques appliquées.

J'achète deux romans à 3 euros. J'ai mal à l'estomac.

Je marche avec *Châteaux de la colère* et *Lumière d'août* dans les mains, arrache la couche de cellophane qui les recouvre, pense à cette histoire de famille.

J'hésite beaucoup, c'est étrange d'arriver comme ça. Je ne serai peut-être pas bien reçue, je n'ai jamais eu de cousins, est-ce qu'il est censé me ressembler ? J'essaie d'imaginer un visage proche du mien, ne trouve pas. J'ignore quel type de rapport on peut lier avec un cousin, est-ce que c'est proche comme les frères et sœurs que je vois ? Est-ce que c'est autre chose ? Je m'éloigne du quai de Montebello, reviens sur mes pas. Je ne sais même pas ce que je vais lui dire, si ça se trouve il sera détestable. Après une demi-heure, ma nausée un peu atténuée, je me décide enfin et avise un grognon ventru somnolant sur sa chaise près d'un portant de cartes anciennes.

Quand je le réveille, il plisse les yeux, ça lui fait remonter la bouche et ses joues qui pendent légèrement vers le haut.

— Ouais Bokné, je connais, il dit.

— Ah super ! Et c'est où ses caisses ?

Sourire avorté :

— C'est pas des caisses hein ! On appelle ça des *boîtes* OK ? Il est en face du Subway, c'est les rouges.

Il y a un type qui range des livres sur le trottoir.

L'intérieur de ses « boîtes » est rouge vif et l'extérieur vert, comme chez les autres. Je ne vois que sa tête hirsute aux cheveux roux et crépus. Il porte un sweat à capuche noir sur lequel s'étale une vaste tête de mort, deux poissons s'enlacent sur le front du crâne, en dessous il est écrit « Sea Shepherd ».

Je traverse la rue et me dirige vers lui, il doit faire à peu près la même taille que moi, j'arrive au bout des boîtes et bloque un peu alors je regarde l'étalage de vieux *Métal hurlant*, je reconnais sur l'un d'eux un dessin de Moebius. Le cousin, si c'est bien lui, doit avoir à peu près mon âge, il est robuste et large, visage arrondi et rouge d'enfant à petits yeux perçants. Pendouille au bout de ses lèvres une roulée éteinte et à moitié fumée.

Au bout d'un moment il remarque que je le regarde alors je n'ai plus vraiment le choix.

— Je cherche Bokné, je lui dis.

— Ouais c'est moi.

— Je m'appelle Soizic, je suis ta cousine apparemment.

— Ah ?! Il ouvre grand les yeux, fronce les sourcils, ma cousine de quoi ? D'où ça ?

— C'est ma grand-mère qui me l'a dit, je bafouille.

— Mais… c'est qui ta grand-mère ?

— Jacqueline.

Et il reste là à me regarder sans rien dire, l'air un peu abruti, je n'aurais jamais dû venir.

— C'est quoi ton nom de famille ?

— Coste.

— Moi aussi ! Mais attends, t'es la fille de Camille ?

— Ouais…

— La vache, d'accord ! j'étais paumé là, je suis désolé.

Je ne sais pas quoi dire. De larges taches rouges s'éparpillent sur ses joues et il me sourit un peu timide.

— Mais qu'est-ce que tu fais là ? enfin je veux dire, c'est dingue ! qu'est-ce qui t'amène ?

— Je sais pas je te connaissais pas, je viens d'arriver à Paris, je me demandais à quoi ça ressemble des cousins alors je suis venue.

Silence, il m'observe de haut en bas, semble vouloir m'imprimer dans son cerveau. Moi je cherche les traits familiaux vainement, nous n'avons à première vue rien en commun, sinon peut-être quelque chose dans la chevelure.

— C'est vrai que tu ressembles à ta mère, puis t'es vachement grande hein !

Violent retour de ma nausée :

« Ma mère ?

Il a l'air un peu gêné :

— Bon, alors comment on fait là ? il marmonne pour lui tout seul.

— Si tu veux je m'en vais, je dis.

— Mais non ! Attends je suis super content ! Tu restes là, j'ai plein de bières, tu veux une bière et on se pose ?

— Elles sont fraîches ?

— Mais ouais ! Mate un peu le système de ouf que j'ai fabriqué !

Dans une des boîtes, tout au fond, il soulève un gros carton plein de matériel et d'outils, il est fébrile, dessous il y a une trappe en bois joliment peinte, sur laquelle est calligraphié « wagon-bar ». Quand il la soulève, on voit un trou dans lequel a été encastré et fixé à grands coups d'agrafeuse un sac isotherme. Il y a des pains de glace, et au milieu, une dizaine de belles bières belges. « Magnifique ! » je dis impressionnée. « T'as vu ça ? », il a l'air très fier de lui, « j'ai tout bricolé moi-même ! »

— C'est du tuning de bouquiniste ton truc.

Il se marre et nous sort deux bières, on s'assoit sur des chaises pliantes à l'ombre des bandes dessinées, mon cousin est à peine installé qu'il doit se relever, encaisser deux ou trois livres à des gens.

Je suis sonnée.

Ma mère est une vraie personne alors, elle existe, elle parle à des gens, à tout le monde. Elle respire et elle mange, elle n'habite plus dans ma tête à partir d'aujourd'hui. Elle fait des garden-parties, elle va au cinéma, elle fait ses courses et vit ailleurs que dans mes pensées, effrontément.

Je souris faiblement à mon cousin quand il revient.

— T'es arrivée quand ? il demande en sortant un paquet de Golden Virginia.

— Y a trois jours.

— Mais t'es venue faire quoi ici ?

— Je sais pas, travailler…

— T'as un boulot ?

— Oui, hôtesse, ça a l'air vraiment nul mais bon.

Il me regarde, pensif.

— J'ai entendu parler de toi quelques fois, c'est vraiment marrant de se voir.

— T'as entendu parler de moi ?

— Par mon père.

— Et ma mère ?

Silence embarrassé.

— Mais tu la vois souvent ? Et qu'est-ce qu'elle sait sur moi d'abord ? je m'agace.

— Aucune idée, elle est proche de mon père, alors on la voit, je sais que tu n'es pas du tout en contact avec elle.

— Non, je reçois des cartes d'anniversaire et c'est tout.

— Ah elle t'écrit quand même.

— Ouais, « Bises de Paris », toujours la même chose, des cartes postales avec des tours Eiffel.

— Merde, il dit en sirotant sa bière. C'est des cartes comme ça ? Il montre un portant de cartes postales un peu plus loin.

— Ouais…

— Ah bah au moins on est sûrs qu'elle les pique à mon père.

— Il est bouquiniste aussi ?

— Oui, il m'a transmis le virus. Tu l'as vue quand la dernière fois ?

— Y a longtemps, je devais avoir sept ans un truc comme ça.

— Et alors ?

— Et alors rien.

— Raconte.

Je cherche mes mots, je m'emmêle, elle m'a fait peur. En lui racontant je poursuis mes souvenirs abstraits. Elle est arrivée derrière le portail et je me suis précipitée pour la voir. Elle avait la forme d'un courant d'air, d'un gribouillage, c'est ce que j'ai vu. Maintenant je sais qu'elle était complètement saoule, de travers, mais pas à la manière de Jacqueline. Ce de travers inconnu m'a empêchée de la voir, son visage et son corps, elle était brouillée.

C'est difficile à expliquer comme on perd parfois l'image des autres tant elle est mêlée de fictions lorsqu'on est enfant. Je dis « J'ai eu peur » trois fois à mon cousin. Je suis remontée dans ma chambre en courant, je n'ai jamais voulu partir avec elle pour déjeuner au restaurant comme ils étaient convenus avec Jacqueline et Jean-Claude. Je ne voulais pas croire que c'était elle, ce n'était pas la vraie. Je les ai entendus se crier les uns sur les autres. Après il y a eu un grand silence jusqu'au soir et, quand je suis ressortie, elle n'était plus là. Tous les jours je l'ai attendue, Jacqueline et Jean-Claude me faisaient des frites, ils m'offraient des tas de cadeaux pour que je passe à autre chose. Elle n'est jamais revenue.

— C'est nul ! Mon cousin rit. Je sais c'est triste, mais c'est qu'elle est tellement barrée, t'avais quatre ans quand elle est partie c'est ça ?

— Oui, mais je me souviens de pas beaucoup de trucs, on vivait dans une petite maison à Chinon, apparemment elle m'a déposée un matin chez les vieux et après je sais plus.

— Elle a emménagé chez mon père, on a vécu avec elle un peu, le temps qu'elle trouve un boulot. Mon père l'a mise dehors, la picole, il voulait pas que je grandisse là-dedans.

Je regarde la fumée bleue qui ressort de ma bouche et s'engouffre entre les grandes barres qui soutiennent les boîtes.

— Mais elle fait quoi comme métier ? je dis après avoir hésité longtemps.

— Elle est cheffe cuisinière.

— Ah bon ? Où ça ?

— Au ministère du Travail, au cabinet de la ministre.

— Il y a des cuisines dans les ministères ?

— Faut bien qu'ils se nourrissent, mais tu ne sais vraiment rien sur elle en fait ?

— Personne ne répond jamais à mes questions.

J'allume une cigarette, la dixième, autour les autres bouquinistes sont partis. On a bu trois bières chacun, Bokné se balance et joue à se tenir en équilibre sur un côté de sa chaise. On parle beaucoup. Je pose plein de questions sur les bouquinistes, Comment ça marche ? Pourquoi il fait ça ? Est-ce qu'il y a des vols ? Est-ce que les boîtes restent là toute l'année ? Est-ce que les livres restent dans les boîtes quand il s'en va le soir ? « Hé ! les questions de touriste ma gueule, y en a deux mille comment tu veux que je les ramène chez moi, c'est un magasin, pas un stand de brocanteur ! », il rit beaucoup, il travaille quand il veut, il fait ce qu'il veut, il prend des vacances quand ça le chante, il n'y a personne au-dessus de lui pour lui dire de. Il y a bien un règlement, mais les bouquinistes et les règlements… C'est mon rêve américain sa liberté, est-ce que parfois il embauche des vendeurs ? « Je l'ai jamais fait, mais je pourrais ouais. » À côté de lui, avec mes questions et mon CDI d'hôtesse, je me sens bête. Il veut commander à manger au café d'en face, je refuse poliment.

J'expérimente l'effet du métro quand on est vraiment ivre. C'est une drôle de chose. Ça me soulève et me repose au sol sans que jamais je bouge. Je veux demander à Bokné si ça lui fait la même chose, me ravise. Il descend à Château d'Eau l'air béat. Et moi j'attends Château Rouge.

C’est ça les gens de ma famille alors, je fais des rapprochements vaseux, j’essaie de lui construire des ressemblances avec Jacqueline et Jean-Claude mais ça ne fonctionne pas vraiment. Je lui ai laissé mon numéro, est-ce qu’il va me rappeler ? Est-ce qu’on se reverra ? Et ma mère le saura, elle saura que je rôde pas très loin d’elle, peut-être, peut-être que ça lui fera quelque chose.

Je suis à Paris, c’est vraiment incroyable, c’est formidable.

J'entre dans un hall très clair. Tout est propre et net. Trois nanas impeccables siègent derrière un grand comptoir arrondi, du bois, du faux bois ? Dans un autre monde, ça pourrait être un bar.

Elles portent un tailleur noir comme le mien, pas exactement le même, et un petit foulard rouge vif autour du cou. Moi je n'ai pas de foulard, je ne suis pas encore une hôtesse pour de vrai.

Je respire mal, c'est calme, leurs voix résonnent légèrement, je marche vers elles et mes pas dans leurs escarpins rebondissent, se répercutent. J'ai peur, elles ont à peu près mon âge, une un peu plus.

Elles me regardent toutes maintenant, et je tâche de marcher bien droit.

— Bonjour, je viens pour la formation, je bredouille.

— Ah oui ! Salut, t'es Soizic c'est ça ? dit la plus âgée en se levant.

— Oui.

— Super ! Bienvenue dans l'équipe ! Moi c'est Marianne, je suis la responsable, après y a Najla et Éléonore.

— Enchantée.

— Viens on va poser tes affaires, tu veux un café ?

Elle me fait signe de la suivre et les deux autres m'adressent de grands sourires. Je me sens vraiment gourde, elles sont si belles, si impressionnantes.

Je suis passée derrière le bar, devant moi, un ordinateur avec une grille de rendez-vous à laquelle je n'ai rien compris, et une vue imprenable sur la porte. Elle s'ouvre et se ferme, laissant entrer et sortir régulièrement des personnes bien habillées. J'observe, on m'a dit d'observer la façon dont Éléonore, aux yeux d'un bleu qu'on n'a jamais vu ailleurs, accueille les gens. J'ai les mains moites, je pense à mon cousin si tranquillement installé sur son quai de Montebello, il ne m'a pas rappelée. Je suis une tache dans un lieu immaculé.

Les filles sont légères et marrantes, je voudrais être comme elles. Elles s'envoient des vacheries, des drôleries quand il n'y a personne, ça fuse, elles ont leur culture bien à elles. Moi je réponds oui d'accord à tout, Najla, Éléonore et Marianne me regardent tout le temps. Je ne sais pas comment me placer, j'ai même à peine touché à mon café. Depuis la fac je ne m'étais plus retrouvée dans un groupe. Elles s'écrivent des textos et rigolent entre elles, c'est sûr qu'elles se moquent de moi.

J'ai mis mes mains bien à plat de chaque côté du clavier de mon ordinateur, c'est mon tour d'accueillir, mon premier essai. La porte s'ouvre sur un homme, un monsieur, la soixantaine à la démarche sautillante, je me lève, souris et il se dirige vers moi. Quand je retire mes mains de là où elles étaient posées, je sais que ma sueur laisse une large empreinte. Je l'imagine très bien. Elles doivent toutes très bien la voir.

— Bonjour mademoiselle ! il chantonne.

— Bonjour monsieur.

Après c'est des mots en plastique qui sortent de ma bouche, pas normal du tout. Pourtant ce sont les mêmes que ceux d'Éléonore. Je me rate, je ne sais pas où l'emmener, quel étage, la grille sur mon écran indique un endroit mais dans la panique je ne sais plus et l'homme attend. Marianne prend la relève, elle l'accompagne. Je reste là, je perds mes couleurs. Lorsque je baisse les yeux vers la trace que mes mains ont dû laisser près du clavier, je m'aperçois qu'il n'y en a pas.

— C'est normal, dit Najla, le premier j'ai fait pire que toi c'était l'horreur.

— Ah bon ?

— Ouais, je l'ai emmené sans savoir où et l'ai laissé dans une salle de réunion qui n'avait rien à voir.

— Moi aussi le premier j'étais nulle, dit Éléonore.

— Vous dites ça pour être sympas.

— Mais non !

Marianne revient et m'emmène déjeuner, « Tu t'es pas trop mal débrouillée » elle dit. Je reprends mes affaires au vestiaire, pour avoir de l'argent, des cigarettes, je rêve d'une cigarette.

Lorsqu'on est enfin dehors je respire. Dans la queue à la boulangerie, Marianne est vissée sur son portable, je n'ose pas lui parler par peur de la déranger. Je n'ai rien à faire, Zonebbu m'a enfin rappelée, il a laissé un message. Je ne comprends pas ce que je fais ici, tout paraît absurde. Ma tenue me serre, je me sens comme un échassier bizarre. Tout le monde me regarde, je crois. Je prétexte un coup de fil pour m'éloigner de la queue, laisse 5 euros à Marianne pour mon sandwich. Je ne sais pas très bien ce que je fais. Je suis au coin de l'avenue, vais-je rappeler Zonebbu ? Je passe l'angle et tourne dans la rue voisine, marche un peu. Je me revois bafouiller devant ma grille de rendez-vous.

À un moment je commence à courir. Tout droit devant moi. Enfin, avec les talons, je trottine plutôt, maladroitement, où est le métro ? Je tourne encore, fais des arrêts de trois secondes et finis par atterrir, je ne sais pas comment, sur une grande place qui sert de manège aux voitures. Un monument sublime, je le regarde à peine. Une bouche de métro, je m'y précipite, j'ai vaguement le temps de lire « Opéra » dans la station. Je monte dans un wagon de la ligne 7, c'est une catastrophe, le métro démarre. Je m'assois et retire mes escarpins, enfile une paire de baskets sortie de mon sac. Elles vont m'appeler, c'est sûr, elles ont mon numéro, j'éteins mon téléphone. Je souffle. Sans les escarpins je ne me sens plus tout à fait comme un cercle qui veut rentrer dans un carré.

J'ai pris la ligne 7 dans le mauvais sens, il a fallu faire demi-tour. Je m'approche à nouveau d'Opéra. J'ai tout foiré, je réfléchis à comment revenir en prétextant quelque chose, une idée qui justifie ma disparition depuis la boulangerie. Je vois déjà leurs trois regards plissés, ils ont l'air de me trouver très étrange, un peu ridicule aussi. Le métro s'arrête et je ne peux pas en sortir, je suis bloquée. Je suis prise d'une trouille épouvantable, les portes se referment et Opéra disparaît dans le noir.

Ma chambre aux Mimosas, quand je suis rentrée, il y avait une odeur humide, j'ai ouvert la fenêtre.

Je regarde les annonces d'emplois, serveuse, vendeuse, hôtesse, agent de vestiaire dans un musée, aide ménagère, McDo. Des petits enfers partout, avec ces gens qui me jugent dans les salles de restaurant et les rayons des magasins de vêtements. Je suis incapable de refaire des lettres de motivation. Je vois dans tous les endroits le même scénario, celui où je pars en courant. Comment je vais faire ? Jacqueline avait peut-être raison. Revenir la queue entre les jambes à Lerné.

Finalement je rallume mon téléphone, supprime à la va-vite tous les messages de Phone Régie sans les écouter, retrouve au bout du bout celui de Zonebbu.

En passant mes vêtements par-dessus mon maillot de bain ce matin, j'ai eu un peu mal au ventre, je me suis revue détaler de ma formation, laissant en plan Marianne, Éléonore, Najla et mes 5 euros, mon sandwich. Je suis grillée maintenant. Je fais des nœuds dans ma tête. Tout ça me traverse, je le repousse, je ne veux plus y penser. C'est l'été. Presque.

La Jaguar vert émeraude, tirant sur le sapin, se gare près du café au coin de la rue Poulet. C'est là que je l'attends. Zonebbu ouvre la portière du côté passager et je monte. Nous partons au bord de la mer. Il y a longtemps qu'on ne s'était pas vus Zonebbu et moi.

Il a l'air un peu stressé, renfrogné.

— Bah alors c'est fini avec la fille ? je dis en jetant mon sac sur la plage arrière.

— Oui oui… plus ou moins, on verra bien, n'en parlons pas aujourd'hui Soizic, là c'est vous et moi.

Il récupère le sac, sort de la voiture et va le mettre dans le coffre.

— Et pourquoi on ne pouvait pas aller chez vous boire un café ? Je n'ai même pas vu votre appartement.

— C'est le boxon Zonebbu.

— Ah d'un seul coup vous devenez pudique sur le rangement.

Zonebbu est un homme-colline, un corps abîmé. Il a eu, d'après ce qu'on dit, un autre lui-même qui était mannequin par le passé.

Il est plein de Lexomil et tout un tas d'autres trucs, mais je n'y connais rien, il a ce sens de la consommation qui rend la beauté très éphémère.

Je l'aime pour Vétiver et les costumes agnès b., pour ses Dunhill et Niagara, parce qu'il se meut comme un chat.

— Vous ne vous êtes pas habillée correctement, il marmonne en se dirigeant vers la porte de Clignancourt.

— Je vous ai déjà dit que je ne prendrais jamais cette peine.

— Je pensais que ça changerait, vous ne ressemblez à rien Soizic.

Ça me fait rire et son visage se détend un peu. Zonebbu me perçoit comme un fil transparent qu'on peut ranger dans une poche quand on ne s'en sert pas.

J'aime bien qu'il soit là de manière ponctuelle, ça me suffit. Zonebbu est un « créatif », il imagine des concepts de publicité, des slogans et tout un tas de projets évènementiels farfelus, il gagne beaucoup d'argent. Je l'ai rencontré un peu par hasard, à une soirée cocktail du cinéma à Poitiers où on avait réussi à se faufiler avec ma colocataire. Je lui ai renversé une verrine dessus parce que j'étais saoule, il m'a réclamé des tas d'excuses, je lui ai répondu quelque chose comme « Va manger tes morts ».

Puis finalement on est allés à son hôtel. Ça a commencé comme ça.

Depuis nous nous voyons, par périodes.

Sur les petites routes, Zonebbu alterne entre Grace Jones et Alain Souchon. Sur la départementale en Normandie, il accélère, de plus en plus, et parfois il me regarde, petits coups d'œil appuyés, comment va-t-elle réagir. Moi je m'applique à avoir l'air totalement neutre. Quand on passe la barre des deux cents, je fige tout à fait les muscles de mon visage, pour qu'ils ne manifestent rien. Il finit par se lasser et ralentit, se met à rire, moi je souffle, imperceptiblement.

— Vous êtes la seule, il dit. Vous êtes la seule à être capable. Les autres elles s'écroulent, elles deviennent folles vous savez.

Les gens n'aiment pas me voir avec lui, parce que soi-disant ce type est louche, et ensuite parce que nous avons vingt ans d'écart. Mes colocataires de Poitiers pensaient que je ne devais pas le fréquenter, elles disaient toujours des choses à son sujet, qu'il fait malsain, qu'il est vulgaire et classe, qu'il est dangereux. Mais avec lui je ne m'ennuie jamais, ça ne les a pas effleurées.

Quand la mer apparaît dans le pare-brise, on ne s'y attend pas.

Arrivés à Trouville, Zonebbu se glisse hors de la voiture, s'étire, les mains grandes ouvertes sur le ciel en mâchonnant le filtre de sa cigarette.

J'ai sur mon téléphone, en plus de ceux d'hier, quatre

appels en absence de Phone Régie, je le mets sur le mode avion, tâche d'oublier.

Nous marchons un peu sur les caillebotis qui longent la plage.

Au bout d'un moment, on s'assoit sur le sable et je l'écoute parler, il ne raconte que des histoires de femmes qu'il a croisées, toujours les mêmes sujets, il explique pourquoi il ne m'a plus donné de nouvelles :

— Je pensais à vous Soizic, j'y pense toujours beaucoup, vous êtes celle qui me fait le plus d'effet, mais quand même, cette petite-là…

— Je ne vous ai rien demandé.

— Je sais comment sont les femmes, vous vous tripotez le cerveau dans tous les sens au moindre petit changement d'attitude de l'homme, vous aurez toujours besoin d'explications c'est normal.

— Qu'est-ce que vous voulez que ça me fasse Zonebbu, que vous soyez allé sauter la fille de je sais pas qui sans trop de difficultés parce qu'elle est à fond dans la poésie et que vous connaissez Verlaine par cœur ?

— Oui, forcément, vous Verlaine ça ne vous impressionne pas vous êtes trop plouc pour apprécier.

— Ça doit être ça.

Je retire mon haut et rajuste mon maillot de bain, il entrouvre légèrement la bouche en me regardant faire.

— Mais vous savez, vous Soizic c'est pas pareil, des jolies femmes j'en vois tout le temps, mais vous vous êtes belle. Vous et vos rayons…

— Ah oui je suis solaire.

Il se met à rire, la mine épuisée, son rire vient du tréfonds des poumons, là où ça lui fait mal, puis il s'en va dans l'air, de plus en plus fort.

Après il est pensif, il m'observe un peu grave, moi j'ai la mer devant moi, j'enfouis mes pieds tout à fait dans le sable, jusqu'aux chevilles, je suis calme. Il pose sa main sur mon poignet et remonte jusqu'au coude.

— Si je vous demandais comme ça, Soizic… est-ce que vous accepteriez de m'épouser ?

— Mais non ! je rigole.

— Pourquoi ? Il laisse sa main retomber.

— Parce que, Zonebbu, vous jouez la comédie, je ne veux pas me marier, et nous ne savons pas ce que nous sommes.

— Mais le mariage, ça me stabilisait…

— Je ne comprends pas.

— C'est simple, il dit. Je ne sais pas comment vous expliquer ça… ah si peut-être…

Il se tait.

— Alors ? je dis en m'allongeant sur le sable.

— Ça ne vous intéresse pas de toute façon.

— Je suis suspendue à vos lèvres.

— OK. Je m'étais fait une grande collection de livres, des chers et des normaux, que des choses que j'aimais. Je les avais accumulés tout doucement au fur et à mesure des années. À quarante ans, j'ai acheté une superbe bibliothèque en chêne, mes livres y étaient rangés par ordre alphabétique, parfaitement ordonnés, avec des petits objets par endroits. Ça recouvrait tout un mur, du très propre et du sérieux. Voilà, et puis Adeline m'a quitté et j'ai dû partir de la maison, avec tous mes livres. Je suis allé d'appartement en appartement, ils se sont éparpillés dans des cartons, j'en ai perdu, laissé chez des amis. Et puis Adeline en a eu marre de ma bibliothèque en chêne qui était restée vide dans la maison. Je ne pouvais pas la récupérer, je sais même plus pourquoi. Elle a fini par la vendre sur *Leboncoin.*

— Vous êtes toujours amoureux de votre femme.

Il est triste, assis par terre, les mains dans le sable, il se met à pleurer. Il y a un trou béant sur lui, je ne saurai jamais avec quoi le remplir. Zonebbu se creuse tout seul, il s'aspire en boucle.

— Vous pleurez, je dis bêtement.

— Je suis tellement jeté tout seul au monde !

La première fois qu'il m'a fait ça, je ne savais pas où me mettre ni quoi faire, je pensais que c'était très grave ce qui lui arrivait.

Mais après la première crise il y a eu celle d'après, puis la suivante.

Maintenant, je vois ses lèvres gonfler, trembloter, prêtes à éclater, et je sais que c'est le moment. Je me lève, le contourne, lui frotte le dos des deux mains, bien à plat, de haut en bas. Avec force.

Ça fait qu'il implose. Je m'accroupis et l'entoure de mes bras. Les larmes roulent le long de ses joues. Zonebbu s'éboule, il perd tous ses cailloux, les uns après les autres. L'intérieur de son visage, les lèvres, les yeux, tout ça se vide complètement.

Il a raison, je l'envie un peu, je me dis qu'au final ça doit être agréable. Sangloter régulièrement. Moi je ne pleure plus.

Quand il s'arrête, il n'y a plus rien, sauf son cerveau qui, lui, est toujours là, à côté de la plaque :

— Mais vous êtes certaine que vous ne voulez pas m'épouser ? Juste une toute petite fois ?

Je ris, lui aussi et je me redresse, il m'observe d'en bas.

— Bon…, il dit, j'ai faim, venez je vous emmène au restau.

Phone Régie veut des explications, la dame était tellement fâchée que je n'ai pas pu écouter son message en entier, elle me faisait de la peine. Mais à aucun moment elle ne s'est inquiétée à propos de ma santé, n'a pensé qu'il aurait pu m'arriver quelque chose à moi, provinciale perdue dans la capitale.

On est de nouveau samedi. Les boîtes de Bokné sont faciles à trouver, je me souviens qu'elles sont plus hautes que les autres à côté, il y en a quatre, vert wagon maculées d'un gros tag qui ne ressemble à rien. Je m'adosse au muret, je suis arrivée trop tôt, il n'y a encore aucun bouquiniste. Je ne veux pas regarder la rue par peur d'avoir l'air de l'attendre, c'est idiot. Il verra très bien que je suis venue pour le voir, mon cousin.

En bas, le petit bras du fleuve ressemble à une douve, il est enfermé dans ses murs, son eau dégringole depuis le pont et il y a tellement de voitures qu'on ne peut pas l'entendre.

Je reste une belle heure ici à me demander si ça m'irait d'y être tous les jours. Le trottoir est étroit, au loin, tout le long de Notre-Dame, des tas et des tas d'autres boîtes sont posées là comme de gros insectes verts qui dormiraient en ligne. Plusieurs fois je me retiens de m'en aller, finalement je me dis qu'à onze heures, s'il n'est toujours pas là, ou onze heures moins le quart ? Je ne me laisse pas le choix, je dois tenter. Des bateaux longilignes pleins de marchandise passent sous le petit pont, les moteurs se mettent à crier en cercle, des horloges battant un peu trop vite. Ils produisent un son des tréfonds, mon dos se met à vibrer tout seul, c'est quelque chose qu'on croirait venu de très loin sous la terre si on l'entendait sans savoir. Un bruit sorti des romans de Lovecraft. C'est très calme et très grave. Entre le monstre et le ventre. Le ventre.

J'ai faim.

— Hé ! La cousine, qu'est-ce que tu fais là ?!

— Je passais par là, je me suis dit que j'allais t'attendre.

Mon cousin pose contre les boîtes un énorme cabas rempli de livres, en dépasse le sommet d'une tour Eiffel en métal.

— C'était bien ta semaine ? Ça s'est bien passé ta formation d'hôtesse ? il demande.

— Non… enfin elles m'ont rappelée au dernier moment pour me dire que finalement la personne ne partait pas et qu'elles n'avaient plus besoin de moi.

— Ah ouais ? Bah merde alors, t'as trouvé autre chose ?

— Pas pour l'instant, je sais pas comment faire je misais vraiment là-dessus.

— Bon, attends je vais nous chercher des cafés je reviens.

Il me laisse là et traverse la rue en trottinant, s'engouffre dans le café en face. Je suis une menteuse.

Je le vois revenir, surtout ne pas se dégonfler, je prends le gobelet en plastique rempli de café chaud, la petite mousse beige par-dessus. Il sort de sa poche deux sucres et deux touillettes. Je me lance.

— Tu voudrais pas m'embaucher ?

Il me regarde sans rien dire.

— Le temps que je trouve autre chose, que je sois pas sans rien, même si c'est pas bien payé.

— Je sais pas, il dit, je sais pas.

— J'ai déjà fait de la vente, j'adore les livres, je suis sûre que tu seras content.

— J'ai jamais pris d'ouvre-boîtes...

— De quoi ?

— Un remplaçant de bouquiniste, dans le jargon ça s'appelle un ouvre-boîtes.

— Je sais que c'est bizarre et qu'on se connaît à peine, mais ça a l'air cool ton job, je pourrais au moins faire un essai ? Puis si t'es pas content on arrête.

Bokné a les yeux dans le vague, il fait claquer légèrement sa langue, il ne parle pas, j'attends.

— C'est payé à la vente, il dit au bout d'un moment, tu gagnerais vraiment pas beaucoup.

— C'est pas grave.

— Et puis c'est un drôle de métier, c'est dur, on est dans la rue, y a des gens pas fréquentables, c'est physique, parfois les journées sont très longues, l'été il faut rester entre neuf et dix heures pour que ce soit rentable, c'est pas rien.

— Je suis très motivée !

— Bon, je vais réfléchir cousine, mais c'est compliqué ce que tu me demandes.

— La dernière fois t'as dit que tu pourrais embaucher si tu le voulais.

— Ouais mais meuf, je disais ça sans y penser vraiment, on se connaît à peine en plus, t'es culottée !

— Désolée.

— Bon, laisse-moi un jour ou deux pour y penser et je te rappelle pour te dire.

Neuf heures du matin, Château Rouge. J'ai réussi. Il a dit oui.

Pendant deux jours je suis restée chez moi, persuadée d'avoir fait une énorme bourde. Le fragment de famille à peine rencontré allait me fuir à toutes jambes. J'ai regardé mon plafond pendant des heures avec ses ombres qui tournent sans qu'on puisse vraiment en saisir le mouvement. S'il avait dit non ça aurait jeté un froid. Ça m'aurait éloignée de toute possibilité de créer un lien. Elle n'aurait peut-être jamais pu savoir que je suis là, ma mère, je veux qu'elle sache. Je ne veux pas la voir, je veux qu'elle sache.

Il m'a rappelée, il m'a dit oui pour un essai, et qu'après tout, si je me débrouille bien, pourquoi pas faire tout l'été. Il m'a très clairement fait comprendre que s'il décide que ça ne va pas, on arrête tout de suite.

Je visse et emmêle consciencieusement mon casque dans mes cheveux, son bleu électrique, j'écoute Björk, *Who Is It*. J'ai une très légère gueule de bois, mon sac à dos est ajusté de travers. Au-dessus de ma tête, les ondes vertes et jaunâtres du métro. À Cité, le matin chaud et lourd, le souffle des boulangeries m'écrasent un peu. Dans les escaliers, le sol est gris, éteint, il contraste avec le soleil qui éclate en milliers de morceaux sous les arbres, sur les pierres des façades, l'image brûle en formant de grandes flaques.

En traversant le parvis de Notre-Dame tout effritée, je me demande si c'est pas de la folie ma façon de procéder. Et si Bokné et moi, au final, on ne s'entendait pas ? Mais, bouquiniste, même si je gagne pas grand-chose, même si c'est incertain et temporaire, c'est formidable, c'est poétique, c'est libre, c'est fascinant. Les livres ou les avocats ? La rue et ses oiseaux, sa culture, ses crachats, ses heureux et ses malheureux, ses pieds en multitudes sous le grand soleil ? Ou le guichet, le tailleur, la machine à café, les bips des portes, les cancans des collègues, la sonnerie du téléphone ?

Et moi j'ai dit que je voulais vivre avant tout.

— Bon. Par contre il faut que tu t'attendes à vendre souvent beaucoup plus de souvenirs que de livres, dit Bokné quand on se retrouve devant ses boîtes.

— Ah bon ?

— Ouais, c'est comme ça en face de Notre-Dame, en vrai ça dépend des endroits du quai, je veux pas casser le mythe, mais bon. Les touristes nourrissent Paris.

— J'aurais jamais cru qu'un jour je vendrais des tours Eiffel.

— Ah bah tu vois… T'as vu comment je fais ? Ouvre la deuxième boîte pour voir. T'attrapes l'auvent par le bas, tu lèves, tu le poses sur ta tête et avec l'autre main, tu pousses le couvercle et ça monte tout seul.

— C'est hyper lourd ! je crie.

— On s'habitue, mets-toi sur le côté pour la fixer… bah voilà tu peux lâcher.

— T'es sûr ? je dis, tenant toujours le couvercle.

Il rigole et je lâche, le bois fait un bruit de bateau abandonné, comme dans les films.

— Elles sont vieilles ?

— Trente ans, je les ai rachetées sur un autre quai, un vieux copain qui est mort il y a deux ans.

Dedans, rangés, empilés, à ras bord, il y a des centaines de livres, une chaise, un tabouret, deux tables, des piles de vieux journaux, des sacs en tissu, une petite cagette avec des livres en solde, une grande caisse de vinyles.

D'abord il faut sortir les présentoirs à cartes postales et tous les objets, sur la couche du dessous je trouve par ordre alphabétique, alignés devant, tranches apparentes, les livres de poche, derrière, de gros reliés.

— Mais t'as vraiment deux mille livres dans les boîtes ?

— Entre mille et mille cinq cents, je me faisais mousser la dernière fois… et le double chez moi.

— Ah bon ?

— Ça rend obsessionnel.

— Et les tours Eiffel ?

— J'en propose cinq modèles.

— Mais pourquoi tu les vends plus que les livres alors ?

Il hausse les épaules.

Après, Bokné m'explique que *Le Petit Prince*, *L'Alchimiste*, *L'Étranger*, *Harry Potter*, *Les Fleurs du Mal*, *Notre-Dame de Paris*, *Voyage au bout de la nuit*, *Babar*, *Martine* et

Tintin c'est ce qui se met en priorité en avant parce que c'est ce qui se vend le mieux. Pour le reste je peux faire comme il me plaît.

— Mais ils achètent tous les mêmes livres ?

— Ah oui, surtout qu'il y a beaucoup de touristes et ils veulent nos classiques en français.

— Comme *Harry Potter* par exemple…

— Ouais voilà, *Harry Potter* d'Apollinaire, œuvre inclassable, il a un petit rire aigre, me fait l'inventaire.

La première boîte est séparée en deux, d'un côté tout le bazar du bouquiniste pour bricoler et le wagon-bar, de l'autre la bande dessinée, ensuite deux boîtes de littérature classique et contemporaine. Au bout, une boîte pour la science-fiction et les polars. Avec un petit coin sciences humaines et stars anciennes recroquevillé au fond, qui n'intéresse pas trop Bokné, mais qui marche bien. Chaque boîte mesure deux mètres de long.

— Pour une journée, je te donne un fixe de 30 euros, quoi qu'il arrive, même si tu fais zéro de chiffre, tu les auras, au-delà tu prendras trente pour cent sur les ventes que tu feras, c'est-à-dire qu'à partir de 100 euros de recette, ton chiffre à toi augmente.

— OK… Et je dépasserai souvent les 100 ?

— On verra bien si tu attires le pognon ou pas.

— J'attire le pognon ! Mais là du coup j'apprends à ouvrir, j'apprends à fermer et c'est tout la formation ?

— Ouais, c'est un métier qui s'apprend un peu sur le tas, sauf la caisse, je vais te montrer.

— Et est-ce que je pourrai lire les livres qui sont dans les boîtes ?

Mon cousin se marre.

Quand on a fini, Bokné me donne une petite sacoche en cuir camel à attacher autour de la taille.

— Poche à billets, poche à pièces, il me dit en l'ouvrant, dedans il y a 50 euros, c'est le fond de caisse que tu dois toujours avoir sur toi quand tu arrives sur le quai. Aussi, il ajoute, j'ai une voisine, bon, on ne s'entend pas très bien, elle est difficile, j'espère que pour toi ça va aller, moi elle m'insulte.

— Ah bah super !

— Il faudra quand même que tu l'aides à ouvrir ses boîtes parce qu'elle est vieille et qu'elle a plus assez de force, le voisin de l'autre côté ça va il est sympa, tout le monde est sympa du reste. Mais elle, elle est un peu…

— Barge ?

— Je crois, en tout cas tu feras gaffe elle va certainement essayer de te voler ta chaise.

La population sur les quais de Seine est effilochée, tantôt abondante, déserteuse à d'autres moments. J'ai surtout observé Bokné qui travaillait, en apprenant un peu mieux les stocks. On a fait 150, il m'a laissée repartir avec mon fond de caisse et mon pourcentage, ça fait 45 pour moi, le reste à conserver pour mercredi quand je serai toute seule.

Le soir il se met à pleuvoir, des cordes.

Les fenêtres de mon hôtel sont peintes et repeintes d'eau par grandes vagues transparentes. Les immeubles s'arrondissent et se déforment tout autour. Je suis allongée sur le dos, tête en bas, regarde dehors en ne faisant rien. En ne sachant pas s'il faut faire quelque chose.

Est-ce que je vais la rencontrer ? Elle saura bien que je suis là. Est-ce qu'elle va essayer de me voir ? Si je suis bouquiniste, si je travaille pour Bokné, elle sera obligée d'admettre que malgré tout j'existe. Mais si j'ai réussi à m'en passer jusqu'à maintenant, ça ne doit pas avoir une si grande importance. La voir ou pas. On choisit nous-même ce qui est important. Je dis je pense ça m'est égal. Ça lui est égal au reste du monde, d'ailleurs elle pourrait bien mourir, je n'aurais même pas besoin de la pleurer, je ne saurais pas le faire. Mais ça réglerait les questions. Je pourrais m'imaginer un tas de trucs, m'inventer qu'elle avait l'intention de me voir et ça deviendrait vrai. Avant de passer sous le bus, de tomber dans les escaliers, de faire une rupture d'anévrisme. La mort et je n'aurais plus qu'à choisir une vérité qui serait la mienne, personne pour venir la corriger. Je la raconterais à tout le monde et elle deviendrait universelle. La mort et le vide pour que je puisse choisir d'où je viens et construire une version de la vie qui me plairait mieux. Je me mets à espérer qu'elle meure. Ma tête c'est comme ça, elle tourne à sa façon. Personne n'a besoin de le savoir.

J'ai deux jours de « vacances » avant de commencer vraiment. C'est un peu inquiétant, je pourrais marcher dans la ville, me faire un musée, un cinéma. Mais il s'agirait toujours de faire des choses seule à la vue de tout ce monde, ils sont tellement nombreux et je ne sais pas ce qu'ils pensent. Et si je suis ridicule et qu'ils pensent que je suis ridicule dans les musées et les cinémas ? Je me décide à ne rien faire, le temps finira bien par s'en aller complètement et je serai traversée par les journées. Jusqu'à mercredi.

Je commence *Lumière d'août*, je n'ai jamais lu Faulkner, pour l'instant c'est l'histoire d'une pauvre fille enceinte qui squatte les charrettes des gens pour retrouver son prince charmant. Elle y croit dur comme fer qu'ils vont se marier. Elle est vraiment dans une belle merde.

J'ouvre les boîtes de Bokné dans l'ombre de l'arbre à pollen. C'est mon premier jour seule. Je me coince les doigts entre les couvercles et les barres métalliques qui retiennent les auvents, il faut les fixer de chaque côté des boîtes, si on ne le fait pas bien ça peut s'écrouler sur les clients, j'angoisse. C'est une horreur à soulever, à monter, à bloquer avec les bras, la tête... Il a dit que j'allais m'habituer, j'ai quand même acheté des pansements « spécial doigts » à la pharmacie.

Une fois que j'ai tout sorti, je longe les boîtes avec mon téléphone, vérifie que mon étalage est bien cohérent avec les photos que j'avais prises de celui de Bokné. Ça me permet de savoir où on expose les portants de cartes postales et où on les range après, quand la journée est finie. Il y a énormément de marchandise, de bibelots de toutes sortes, de gravures à accrocher. On ne doit pas se tromper, des boîtes de bouquiniste, ça se range un peu comme on jouerait au Tetris, les choses s'encastrent les unes dans les autres, on laisse le moins d'air possible pour optimiser l'espace, et si à la fin on ne peut pas fermer les couvercles, on a perdu, il faut tout recommencer depuis le début.

J'ai passé une heure à tout installer sans rien cacher ni casser, comme je pouvais. Je recule pour voir, les choses dégoulinent en grappes, tout est accroché comme il m'avait montré, et pourtant ça me semble être globalement de travers, je n'arrive pas à en définir la cause.

Assise sur le parapet, je prépare le cahier de comptes, fume des cigarettes.

La rue se dilate doucement au soleil de onze heures. De très longs bus-accordéons se penchent de gauche à droite, craquant pétant leurs grandes giboulées d'air et de gaz. Autour, quelques tas de piétons attendent au feu rouge. De là où je suis, je vois très bien le Panis, qui mâche et recrache une grande quantité de gens, de frites, de steaks, de bières en pression. Ça fait une mêlée de gloutons, recouverts de rots, de graisse et de coups de soleil. Odeur de graillon, de bourguignon qui prend les cheveux.

Une bonne femme emmitouflée dans un paquet de vêtements, entre soixante-quinze et quatre-vingts ans, s'arrête devant la table à souvenirs, elle me toise en mâchonnant un chewing-gum, porte des baskets Nike flambant neuves, jurant atrocement avec le reste de sa panoplie : pantalon court, collants, sous-pull, polaire, veste, écharpe, lunettes de soleil.

— Bonjour, je lui dis.

— Vous êtes qui ?

— Je travaille ici.

— Je sais qui travaille ici et normalement c'est pas vous.

— Je suis la cousine de Bokné, je le remplace.

— Mouais, je suis votre voisine, c'est quoi votre nom ?

— Soizic et vous ?

— Catherine. C'est breton ça Soizic… Elle s'éloigne vers ses boîtes, pose son gros sac à dos à fleurs sur le muret.

Je la regarde de loin. Elle fouille dans ses affaires, sort de gros livres de son sac, une petite trousse Chipie, tout un tas de choses, très lentement, et au bout d'un moment, trouve une paire de clefs. « EST-CE QUE VOUS ÊTES AU COURANT QUE VOUS ÊTES CENSÉE M'AIDER À OUVRIR ?! » elle hurle les mains en porte-voix.

— Oui ! je réponds en la rejoignant.

— Il a fait l'effort de vous le dire, tant mieux, j'étais sûre qu'il l'aurait pas fait, dit Catherine en ouvrant un par un les petits cadenas qui ferment ses boîtes. Je suis vieille moi, c'est trop lourd, si y a personne je peux pas travailler je peux plus rien faire toute seule de toute façon, à mon âge… C'est surtout les deux du milieu qui sont trop lourdes, les autres ça va.

Je soulève les couvercles et elle les fixe en râlant : « Plus haut ! Non là plus bas ! Bon allez on va pas y passer la journée ! »

— On va se tutoyer, elle me dit quand on a fini, ce sera plus simple.

— D'accord.

— Vous êtes grande ! elle s'exclame en me regardant de la tête aux pieds, puis vous êtes mignonne et fine hein ! ça vous devez leur plaire aux hommes.

— …

— Moi aussi j'étais très belle quand j'étais jeune, mais c'est fini tout ça. C'est fini. Les mecs, je les dégoûte.

Elle s'assoit sur son tabouret en soufflant, « J'ai mal au dos j'ai mal au dos, bon merci hein » elle me dit en faisant un petit geste de la main pour me faire partir et je réprime le scandale qui monte en moi.

Je m'aperçois que Bokné est adossé près de la première boîte, il me regarde l'air moqueur, roule un splif. Je viens vers lui, m'assois au soleil.

— Tu kiffes la voisine ? il demande.

— Elle en tient une couche ! Alors t'en penses quoi ?

— Ouais… il fronce le nez en observant les boîtes, c'est tordu ton étalage là quand même.

— Ah tu trouves ?

— Regarde.

Et il montre du doigt les deux barres tenant les auvents, je me rends bien compte d'un coup qu'elles ne sont pas du tout parallèles comme elles devraient l'être. La chaleur me monte au visage. « Ah ouais… » minuscule et flétri sort de ma bouche.

— Bah ouais ! il se marre.

Le couvercle de la première boîte grince, je le pousse vers le haut à deux mains, me sens écrasée en dessous. Finalement j'arrive à remettre ma barre dans le bon trou. Le cousin me regarde un peu sceptique :

— Et puis aussi, c'est pas la peine de mettre *Plexus* en devanture, celui qui se vend c'est *Sexus*, le premier, je crois que les gens n'ont pas le courage d'attaquer le deuxième en général. Trop fatigués.

Je continue de mémoriser le stock.

J'ai vendu deux livres, 6 euros. Un type efflanqué vient poser son sac à dos tout près de moi. Il a dans une main un petit trousseau de clefs, déverrouille le premier cadenas de la boîte voisine en me regardant avec curiosité.

— Donc vous êtes la cousine Soizic, il me lance en souriant.

— Oui.

— Baptiste, enchanté. Il vient me serrer la main. Bokné m'a téléphoné pour me dire que vous viendriez travailler à partir de maintenant.

Il me propose un café, on discute un peu. Baptiste a le visage creux et long, il a la figure des longues pierres de ruisseau battues par les flots, douces dans leurs brisures. Il n'a que des livres de philosophie, des commentaires sur des œuvres, des livres d'art, que des chers et beaux. Je l'observe, il est grand, très mince, fume des roulées. Après avoir ouvert, il s'assoit par terre sous ses boîtes, sur un petit tas de catalogues d'expositions, se met à lire. Ne me parle quasiment plus.

Deux types, un grand enveloppé et un petit maigre, ils s'arrêtent à mon niveau, portent chacun deux grands sacs de livres. Ils veulent me les vendre mais je me méfie et leur dis non. Ils s'en vont sans dire au revoir, rejoignent Baptiste qui se met à fouiller dans les sacs, discute avec eux. C'est quoi ces gens ? Est-ce que je devais acheter ? Bokné ne m'a rien dit.

— Non, dit Catherine, toi t'achètes pas, pour l'instant t'y connais rien, quand Bokné te le dira tu pourras.

— Mais ils viennent souvent ?

— Oui, c'est des courtiers.

— Quoi ?

— La plupart du temps ce sont des types qui vendent des livres chinés dans les vide-greniers, aux Emmaüs, ou trouvés dans la rue, les ressourceries, n'importe où. Ils sont très forts pour trouver des choses que tu leur demandes, parce que trop compliquées à chercher avec tout ce qu'on doit faire déjà. Les courtiers, ils marchent le long des quais en essayant de se décharger du poids de leurs sacs pour des euros, tous les jours la même chose, un peu comme l'autre avec sa pierre qui grimpe sur la montagne indéfiniment.

On est vendredi, la journée s'étale sur de longs moments d'attente, j'ai sorti de son emballage *Hypérion* de Dan Simmons, j'essaie de lire, mais entre le bruit des voitures et les gens qu'il faut sans cesse regarder lorsqu'ils s'arrêtent, je n'arrive pas à me concentrer. Je n'y comprends rien à l'agencement du vaisseau-arbre des templiers. J'abandonne, une heure passe avant qu'une marée de clients m'engloutisse, je panique, ne trouvant pas encore tous les titres. Un monsieur me fait comprendre avec une touche de mépris que Julien Gracq il ne le veut pas n'importe comment, « avec les pages non coupées », il dit, je l'ai. Corti ça s'appelle. Le client m'explique que quand tu es en ville et que la nature te manque, tu peux lire du Gracq, d'après lui ce type-là savait comment t'envoyer en pleine forêt avec tout ce que ça implique pour tes sens en deux paragraphes. Je voudrais bien lire Julien Gracq. Mais je viens de le lui vendre.

Catherine vient vers moi, elle a l'air en colère, elle me dépasse, se plante devant Baptiste qui est toujours assis sur sa pile de livres.

— Bonjour Baptiste !

— Bonjour Catherine, répond Baptiste d'une voix douce et indifférente.

— Pourquoi tu ne viens jamais me dire bonjour ? C'est pourtant pas compliqué puis c'est la moindre des choses hein !

— Là je te dis bonjour ma chère Catherine, comment vas-tu aujourd'hui ?

— Ça ne va pas bien du tout ! Oh non pas elle...

Une petite femme, la soixantaine en short colonialiste beige, chaussures beiges et basses en cuir, petites socquettes, fumant un cigarillo, passe devant moi, m'adresse un petit sourire moqueur les yeux fixés sur mes tours Eiffel. Elle rejoint Baptiste, ma voisine grogne et s'éloigne sans même la saluer, elle s'arrête à mon niveau :

— Ah, je suis fatiguée elle me dit, puis eux là, ils sont durs.

— Pourquoi ?

— Je sais pas, ils sont entre eux quoi… Elle est bien ta chaise hein, moi j'ai qu'un vieux tabouret, ce serait bien, elle fait mine de s'approcher et je m'assois dessus l'air de rien, Bokné m'a prévenue, c'est une voleuse de chaises, est-ce que c'est la raison pour laquelle Baptiste est assis sur ses livres ? Elle renonce.

— On va s'échanger nos numéros si ça t'embête pas, elle me dit.

— Si tu veux.

— Comme ça je pourrai t'appeler pour savoir si tu viens, comme ça je peux ouvrir aussi.

— Mais quand je suis pas là il y a Bokné…

— Tu parles, que de la gueule celui-là, il dit qu'il vient et il vient jamais, une fois sur quatre, pas fiable du tout, j'arrive, je me tape toute la route à pied et y a personne…

À la fin de la journée je suis rassurée, je suis montée à 230 euros, Bokné est content au téléphone. Si ça se trouve je suis douée.

Les hommes de l'hôtel me regardent. Dans les escaliers, sur les paliers, dans le hall et depuis le comptoir du bistrot quand j'achète un café alors que je pourrais m'en faire un moi-même, mais j'aime le café des cafés, le bruit de la machine, la vaisselle du matin dans de grands bacs en plastique. Ils font des moues, ils murmurent et ils ne savent pas quoi penser du fait que j'habite ici au milieu d'eux tous. Qui sont si vieux et si vivants et si détruits, sans que je puisse faire la différence entre les uns et les autres. Ils n'ont qu'un seul visage qu'ils se partagent entre eux. Moi je ne suis pas à ma place et je souris pour me faire admettre sur le territoire des Mimosas.

Ce n'est pas très bon, ça ne m'est jamais arrivé. La seule femme dans un endroit. J'ai toujours aimé la mixité. Si vous êtes la seule alors on vous cherche du regard, on vous dit bonjour, on pourchasse une attention, on veut vous offrir à boire et à manger. Mais je dis non à tout, je suis inébranlable. Personne ne m'offrira de café, je pose l'argent avant de commander pour être sûre, oh c'est gentil, mais c'est trop tard, et non je n'ai pas faim merci. Ils me regardent, tout le monde m'a toujours regardée, c'est à cause du fait que je suis très grande, et ma tête a quelque chose de vraiment spécial, je ne sais pas, je répète ce qu'on dit. Ici c'est différent, ça perturbe mes déplacements. Louis, ses grands yeux noirs de colère, les menace tous du doigt s'ils s'approchent d'un peu trop près, comme s'ils étaient des chiens. Il dit qu'ils vont s'habituer, d'ici trois semaines il pense. Souvent je remonte vite dans ma chambre. Sauf quand les chiens ne sont pas là.

À part moi il n'y a que la femme de Louis. Elle me rassure. Ses chignons parfumés de menthe. C'est la cheffe du restaurant Les Mimosas, Milena, comme celle de Kafka, je n'ai pas lu Kafka. Milena, une Portugaise régnant d'une main de fer sur le couscous. Elle ne me parle pas et me lance un sourire indifférent quand elle sort du feu et des couteaux trancheurs d'agneaux. Je l'aime. Je voudrais qu'elle m'aime aussi et qu'elle me sauve de je ne sais pas quoi, me recouvre de menthe.

Milena est dans sa cuisine et il n'y a personne, Aziz rentre les livraisons en faisant la gueule. J'ai le nez dans un noisette allongé, je reçois un appel de Touraine. Je suis touchée qu'ils pensent à moi. Je suis heureuse de les entendre.

— Je suis sorti, je suis sorti et tu étais partie..., dit la voix de mon grand-père.

— Comment tu te sens ?

— Mieux, je me suis remis à vivre et ça s'est évaporé comme ça. Il rit. La vie Soizic, la vie, c'est un sacré truc !

— Et Jacqueline ça va ?

— Elle est fâchée contre toi.

« Je t'avais dit de rien dire en attendant qu'elle s'en aperçoive ! » elle s'exclame depuis l'autre bout de la grotte-salon, loin du téléphone.

— Elle est toujours fâchée, je dis.

— C'est vrai. Et il se remet à rire de toutes ses forces, hé ! Le chat ! Elle a dit que t'es toujours fâchée !

« C'est vrai ! » dit ma grand-mère, et elle aussi elle se met à rire.

— Vous êtes ivres les vieux, tu t'es remis à boire Jean-Claude. Je dis ça au moment où Aziz passe avec une caisse de Coca-Cola et me jette un regard curieux.

— C'est pas vrai ! s'exclame mon grand-père.

— Arrête.

« Elle dit quoi ? », « Elle dit qu'on a trop bu » crie Jean-Claude comme si elle était loin, « Passe-moi le truc » « Allô ! mais passe-le-moi je te dis, allô !! »

— … Faut vraiment que t'arrêtes Soizic de dire qu'on a bu alors qu'on a fait un effort pour être heureux. Tu sais ce que tu fais ? Tu sais quoi ? Eh ben tu gâches tout !

— Jacqueline…

— Et t'as téléphoné pour nous faire la morale d'abord ?

— Mais c'est vous qui m'avez appelée !

— C'est ça !

« C'est vrai que c'est moi qui l'ai appelée » dit Jean-Claude qui a été éloigné du téléphone.

— Faut que t'apprennes à réfléchir et à tourner ta langue dans ta bouche avant d'aller gâcher le plaisir des gens !

Je m'éteins, j'arrête la machine, je dis la phrase que j'ai apprise il y a longtemps avec la mère addictologue d'une copine et qui me sert quand je suis trop fatiguée : « Je suis désolée, mais je vais raccrocher parce que je ne veux pas vous parler quand vous avez bu. On discutera plus tard et sachez que je vous aime malgré tout. » « Attends un peu ça ne… » crie ma grand-mère, mais c'est trop tard j'ai raccroché.

Je les connais comme ma poche, ils vont me rappeler quinze fois jusqu'à ce qu'une mouette isolée s'aventure dans le jardin et qu'ils m'oublient. Je me mets sur le mode avion, pose mon croissant et recommande un café, à emporter cette fois parce qu'Aziz a tout entendu, il meurt de curiosité. Je ne suis jamais sûre de moi à cent pour cent. Ils ont bu. Et s'ils sont simplement joyeux pour une fois et que je le leur reproche alors je deviens le tortionnaire et ils boivent à cause de moi. En vrai je suis un radar très performant, chez les vrais alcooliques, on ne perçoit pas, il faut avoir le nez. Moi je sais, à la première seconde, à la première syllabe. Je sais. Mais quelque part, il y a toujours un doute.

Je n'ai jamais autant envie de boire que quand les vieux sont pétés. Va savoir. J'ai compris qu'il y avait des choses anormales assez tard, on me l'a dit, j'avais treize ans. Avant ça je savais, mais n'avais pas eu l'idée d'en faire un problème avec des mots importants dessus. Le médecin de la famille m'a dit « Tes grands-parents sont alcooliques, l'alcoolisme est une maladie grave ». Voilà, ma vie sans problèmes en avait découvert un gros bien terrible. Avant je faisais avec, j'avais appris, chez les autres, les copines, ce n'était pas pareil. Tout était pareil, mais dans une dimension voisine. Ma maison à moi était légèrement déplacée dans un certain sens.

J'ai grandi dans la tempête, entourée de cris et de parfums lourds. Les grosses voitures garées dans le jardin desquelles sortaient des rires d'orages vêtus de costumes et fumant à pleines dents. C'était les grandes catastrophes, les fins du monde et l'aventure où je faisais ma valise. J'allais vivre dans le bureau qui est une dépendance de la maison. Je fermais à clef, le chien gardait la porte. Je lisais la bibliothèque, faisais mes devoirs, dessinais des après-midi entières sur le papier de l'imprimante, mangeais les provisions volées dans le frigo. Je voyais passer les deux catastrophes par intermittence dans le jardin avec des invités aussi tout à fait catastrophés. Le médecin en savait quelque chose, il se catastrophait lui-même avec eux parfois. Une fois si fort qu'il a vu un renard bleu dans la cheminée. Il fumait dans son cabinet et me proposait d'aller voir un psy. Chose que je refusais avec toute la fierté des Coste dont je suis capable. Le Coste est un cerveau libre, il n'a de lois que ses propres lois. Le Coste n'est pas formatable, il n'est pas soignable. Le Coste va très bien.

Couvrez-moi de menthe.

Une semaine s'est écoulée et je n'ai gagné que 200 euros. Le lundi, mardi, mercredi et jeudi, je n'ai pas dépassé les 100 euros de chiffre. Bokné a dit que c'était normal, est-ce qu'il le pense vraiment ? Très embêtant pour le loyer. Je dois en plus prendre dedans pour déjeuner. J'abandonne les Maya blondes pour les Interval à rouler.

Aussi, d'après mes calculs, le métro parisien est trop cher pour moi. Je me renseigne sur la fraude, télécharge une application qui localise les contrôleurs. Dans la station Château Rouge je la mets en marche, observe les portiques et réfléchis à comment on fait pour sauter, est-ce que je ne pourrais pas plutôt passer par en dessous ? Est-ce que les contrôleurs parisiens sont méchants ? Je regarde longtemps l'écran de mon téléphone qui jure ses grands dieux qu'il n'y a pas de contrôleurs et, finalement, vais m'acheter un ticket.

À certaines heures, quand le quai de Montebello est complètement vide, que seules les voitures défilent à n'en plus finir, que leur fracas se répercute sur le ciel, les arbres, les poubelles, les lampadaires, les façades, je me demande vraiment comment il est possible de vendre quoi que ce soit ici. Ça donne toujours l'impression que cet endroit est vide pour toujours, il n'y aura jamais personne. Lorsque le feu est rouge, et que je suis en train d'ouvrir, je me sens observée, j'ai peur de faire tomber des choses et que les Parisiens, assis derrière leurs volants, se moquent de moi. Comme quand il faut manger face à un inconnu des choses difficiles à manger proprement, par exemple des moules marinières, de très gros sushis, ou des tagliatelles, un ramen. Parfois, en retirant les cadenas des boîtes, je me dis que tout est vain, mon action d'ouvrir est une action idiote, absurde.

Il faut que j'aille aux toilettes. Ça devient vraiment terrible. Personne pour surveiller.

— Tu cours, dit mon cousin à l'autre bout du fil.

— Quoi ?

— Tu cours aux toilettes en espérant qu'on ne te vole rien.

— Et si on me vole quelque chose ?

— Tu rembourses.

— Merde !

— C'est le jeu. Prends les trois Pléiade et *L'Odyssée* de 1897 à 100 euros dans ton sac pour y aller.

— Tu fais quoi aujourd'hui ?

— Je suis tranquille à la maison avec Netflix.

— Tu viens sur les quais en ce moment ?

— Ouais, enfin pas autant que d'habitude, je me pose

un peu comme t'es là, ça me fait drôle d'avoir du temps, c'est pas si mal une ouvre-boîtes.

Je charge les livres dans un sac en tissu à l'effigie des bouquinistes et j'attends, je n'ose pas, puis je n'y tiens plus, quand le feu passe au rouge je me précipite au travers des voitures et fonce tête baissée dans le bistrot, descends les petits escaliers et comme il y a la queue chez les femmes, me faufile dans les toilettes des hommes.

Un monsieur, genoux pliés face à la pissotière, tout recourbé, a l'air de regarder son urine s'en aller, c'est effrayant. Il me voit, mais il n'a même pas le temps d'avoir une expression contrariée que je suis déjà dans la cabine, enfermée. J'entends qu'un autre type entre : « Faites gaffe y a une dame » chuchote le premier, « Ah » fait l'autre. Braguette qui s'ouvre. Chasse d'eau.

Rhabillée je prends mon élan, ouvre la porte qui est projetée sur le mur opposé dans un grand « clac ! », m'échappe par l'escalier, évite les habitués du bar. Je retraverse entre les voitures, klaxons, colère, j'envoie un doigt d'honneur derrière moi. Je n'aime pas les voitures à Paris.

Catherine est vautrée sur ma chaise.

— Ah bah t'es là ! Je me demandais ce que c'était que ce foutoir.

Je souffle.

— Pourquoi tu viens à dix-sept heures ?

— Je croyais qu'il n'y aurait personne ! T'as pas décroché ce matin ! Je peux rien faire toute seule ! Ah dis donc je suis fatiguée, puis j'ai toujours peur de venir pour rien tu sais.

— Moi je suis là.

— Oui, mais c'est les autres là ! Ils viennent, ils viennent pas, on ne peut jamais savoir. Bon tu m'aides à ouvrir ! Ah ! Elle est bien ta chaise.

Elle soupire, reste assise, s'étale le dos en arrière en mouillant un spéculoos encore dur, fraîchement sorti de son emballage.

Je ne sais pas si c'est mieux quand elle est là, elle critique tout, elle souffle, elle tousse, elle éternue, elle mâchonne ses gâteaux, succions à l'appui, indéfiniment.

Le soir je fais des courses pour le lendemain midi, achète une bière et rentre directement à l'hôtel. Les soirées et les jours de congé sont trop longs. Je recherche des activités à faire, même si je n'ai pas vraiment envie d'être active seule. À Paris, dans la grande ville, être seule, c'est pas pareil qu'ailleurs. La foule, du monde au-dessus, en dessous, sur les côtés. J'ai plus de repères, je les entends, je les vois et je les sens tous mais près de moi, accroché à moi il n'y a personne. C'est du vide, une chute dans les branches, ne pas pouvoir les attraper. C'est un manque des autres quand ils sont partout. Ce n'est plus comme être seule à la campagne, là où il n'y a personne dans qui se regarder.

Il est quatre heures trente du matin, je ne dors plus, j'enfile un blouson et sors. Le Sacré-Cœur n'est pas loin, je m'en suis rendu compte en tapant au hasard la destination sur l'iPhone. Quinze minutes à pied tout en dénivelé. Je me dis que la nuit et au début du jour ça doit être parfaitement beau et calme, comme sur les cartes postales de Bokné où le monument se couvre d'orange et jaune.

Là-haut c'est désert sous les lampadaires et on se croirait dans un décor en carton-pâte installé là pour les touristes. Mais c'est bel et bien en dur et il y a vraiment des gens qui habitent les maisons couvertes de lierre. À un moment je croise un champ de vignes et ne comprends pas pourquoi il est là. Je monte sans m'arrêter et ne regarde plus le GPS parce que je sais que le truc avec sa coupole de neige est tout en haut.

Les grands escaliers ne sont pas vides comme je m'étais imaginé. Il y a des groupes assis à tous les niveaux, ils boivent de tout et sont à l'heure où on parle en criant.

Je regarde quand même le jour qui vient, laissant une odeur de bois mouillé dans l'air. Le ciel se déplace vers le violet puis le rose, faisant luire des bâtiments en verre très loin de moi, passant ses couleurs sur les toits de zinc mats qui se violacent et se rougissent à la façon d'un hématome. La ville est une peau passée sur moi, elle me rend bizarre, je ne sais pas si je l'aime.

Il est six heures du matin quand je rentre. Milena est assise au bar, croissant, café. Autour, deux ouvriers de chantier parlent à voix basse. Je commande un café à Aziz renfrogné et prends la place à côté d'elle : « Bonjour » je lui dis, elle me sourit distraitement.

— Vous vous levez tôt, j'ajoute parce que je ne sais pas comment faire.

— Et vous vous rentrez tard, elle répond.

— Je dormais pas.

— Ah.

Je reçois mon café et Milena se lève, elle emporte ses affaires, disparaît dans la cuisine. Je n'aurais pas dû la déranger. Pour garder contenance je reste au bar mais Aziz me regarde d'un sale œil et je finis par remonter dans ma chambre, le visage brûlant.

Je sors de la douche, la cabine est un petit renfoncement au fond de la chambre, avec un rideau un peu noir vers le bas. La pièce est embuée et ça rend humides les draps, j'ouvre grand ma fenêtre, le bruit est immense, de voix, du fond de la ville qui gronde sans jamais se reposer, je voudrais refermer immédiatement, la buée ne s'efface pas des vitres ou alors si lentement que l'on ne peut pas s'en rendre compte. J'ai un appel en absence de Catherine.

— Bah alors ! elle dit quand je la rappelle.

— J'étais sous la douche je suis désolée.

— Tu viens ou pas ?

— Non aujourd'hui c'est mon cousin.

— Et merde.

— Désolée, je serai là demain.

En raccrochant, je me demande pourquoi je m'excuse, je ferme la fenêtre au moment où l'on frappe à ma porte. C'est Aziz, il porte un plateau recouvert de papier d'aluminium, en dessous une odeur forte de poisson :

— Sardines grillées, il dit, en me fixant de son regard noir.

— Pardon ?

— Est-ce que tu veux des sardines grillées ?!

Comme je ne réagis pas il demande :

— Tu as une assiette ?

— Je suis végétarienne.

— Ah.

Le type ne bouge pas, il me regarde toujours avec cet œil mauvais qu'il a, « Il fait moche hein ! » je lance, mal à l'aise.

Il reste immobile sur le palier, moi je ne sais pas quoi faire de ma porte, je la fais grincer un peu, « Ça va ? » je finis par dire. Il respire un grand coup : « Est-ce que tu veux boire un verre et aller à un concert ce soir avec moi j'ai des amis qui jouent dans un bar ? »

— Non, je réponds immédiatement.

Il reste un peu sur le seuil, son visage devient grisâtre. Finalement il fait un pas sur le côté et frappe à la chambre voisine, son plateau de sardines tremble légèrement. Je referme la porte, fébrile.

Catherine me rappelle deux heures plus tard, j'éteins mon téléphone, me prépare pour le soir. Zonebbu n'avait personne pour l'accompagner à sa soirée, il ne veut pas y aller tout seul.

Une fête d'artistes et gratin venus de Paris tout entière. Ça se passe à l'intérieur d'un de ces lofts ateliers du dix-septième arrondissement, ceux qu'on aperçoit de la rue et qu'on admire toujours beaucoup en enviant le propriétaire.

Zonebbu m'a emmenée là-dedans parce que ça se fait pas d'arriver tout seul, il m'a dit de me taire et de le suivre, de pas faire d'excès d'alcool, de pas bâfrer les petits-fours, de pas m'éloigner de lui, de pas parler aux inconnus, de pas mettre la nourriture dans mes poches comme la dernière fois, au cocktail où on s'est rencontrés, même qu'il en avait été mortifié…

— Et qu'est-ce que c'est ça Soizic ?!

— Mon short.

— On ne va pas à ce genre d'endroit avec un short ! Vous vous fichez de moi ?

— Quoi ? Je l'ai payé 50 balles chez American Apparel, il est pas assez luxueux pour vous ?

— Et ce pull, là ! Rose !

— Ça vaaa ! J'ai mis du Guerlain en passant chez

Marionnaud et j'ai acheté des Dunhill comme vous. Je suis quelqu'un de sérieux.

Il donne un coup d'accélérateur et la Jaguar démarre dans un bruit de casseroles sur le boulevard Barbès.

Quand on emprunte le périphérique, il m'explique que je serai présentée comme sa filleule parce qu'il a peur que les gens croient des choses et il veut garder cette image de l'homme qui ne sort qu'avec des femmes agréées, certifiées très belles, celles à la pointe du raffinement dans le milieu.

— Moi j'ai pas compris pourquoi les hommes recherchent toujours la plus jolie femme et la plus jeune, pendant que les femmes s'en foutent de sortir avec des hommes qui ressemblent à des poissons crevés.

— Saloperie ! Il klaxonne, évite un camion mal engagé.

— Sans rire, pourquoi vous m'avez invitée ?

— Parce que je vous aime Soizic, mais personne n'a besoin de le savoir.

— Et pourquoi ?

— … Parce que.

— Ah ben, arrêtez-vous je descends.

— Mais, non ! Vous êtes intelligente et ça fait un très bel effet de ramener une bouquiniste des quais de Seine, les gens vont adorer.

— Ah oui il y a que vous qui avez le droit d'être un créatif !

— Vous n'êtes pas créative ma chère.

— Je pourrais si je le voulais.

— Vous n'avez vraiment pas le profil.

Je fais la gueule dans l'ascenseur pendant que Zonebbu

réajuste son costume qu'il porte avec des Stan Smith pour avoir l'air désinvolte, son parfum au poivre me pique le nez. À l'entrée de la fête il me pousse devant lui.

— Et c'est une soirée réseau pour moi, donc n'oubliez pas de me soutenir.

L'endroit est vraiment très beau, il y a un salon qui se prolonge sur une grande mezzanine, de longues verrières s'étirent vers le plafond et courent jusque dans les commissures de la pièce, tout ça doit faire à peu près quatre mètres de haut.

Je me faufile derrière Zonebbu qui affiche un air très occupé. Au passage entre les gens, j'attrape sur un plateau un cocktail à quelque chose qui sent la violette. Je l'avale d'un trait pendant que Zonebbu dit brièvement bonjour à un camé aux yeux qu'on ne voit plus tant ils se sont enfoncés vers le cerveau, le type flotte dans des vêtements qui avaient dû être parfaitement à sa taille à une époque, il me tend la main et je prends un autre verre en lui faisant un bref signe, il reste immobile à sourire bêtement le bras tendu pendant qu'on s'éloigne vers un groupe avec Zonebbu.

— C'est un vieux copain à moi, on était au collège ensemble… il a mal tourné ça me fait mal au cœur.

— Oui vous avez l'air de beaucoup vous en préoccuper.

— Je suis là pour faire du réseau Soizic.

— C'est vrai que c'est plus important…

— Qu'est-ce que vous voulez que je fasse ? Il existe à peine maintenant de toute façon.

On circule dans la foule, il nous arrête à différents points cruciaux, et parle beaucoup, il me présente : « Ma filleule qui est bouquiniste… Je l'emmène dès que je peux, je fais mon devoir de parrain, vous savez ! », les gens sont attendris.

Je souris, je suis terrifiée. Le pire ce sont ceux de mon âge que j'aperçois çà et là, ils ont l'air bien au-dessus de moi, ils sont très beaux et propres et parfaits et bien habillés.

Je réussis à m'échapper et fume des cigarettes près d'une des grandes fenêtres. Zonebbu me jette des coups d'œil inquiets parfois. Ça m'irrite et je me remplis de glaçons en essayant d'en trouver des pas trop gros pour pouvoir les mettre tout entiers dans ma bouche sans souffrir du gel.

Et puis il y a cette gigantesque rousse à frange et peau nacrée qui entre dans l'appartement, elle a une petite bouche dessinée à la perfection avec des machins de maquillage et une classe terrible. Comme elle s'avance, un garçon menu lui retire son manteau en coup de vent. Autour d'elle les gens s'écartent et leurs yeux s'agrandissent. Ses épaules sont très larges, elle mesure environ un mètre quatre-vingt-cinq contre mon mètre quatre-vingts, et doit avoir entre quarante-cinq et cinquante ans, on dirait un extraterrestre. Quand elle ouvre la bouche, je suis obsédée par l'idée de la toucher, sa voix est grande et large comme elle, avec un fort accent américain.

Je me vautre sur un sofa avec un cendrier et un verre de blanc, j'ai choisi un endroit d'où je la verrai bien même si elle change de place. Zonebbu s'installe avec moi, il est accompagné de deux types, un grand à lunettes qui a les dents de travers et un petit maigre à gueule d'oiseau : « Je vous présente ma filleule Soizic qui est bouquiniste sur les quais de Seine », les deux autres poussent des « Ahhhh ! » surpris et intéressés.

Ils ont des questions sur le bout des lèvres, mais Zonebbu enchaîne tout de suite sur le fait que c'est merveilleux d'être parrain, et que mon métier lui a fait redécouvrir Paris parce qu'il passe beaucoup de temps avec moi sur les quais de Seine, juste à côté de Notre-Dame et que ça lui a donné l'envie de faire revivre tous ces monuments fabuleux qui sillonnent la ville, pour que « nos enfants », il me désigne, s'y intéressent à nouveau et partagent le patrimoine autrement que comme quelque chose de désuet blabla blabla... Zonebbu finit de tout mettre en place dans la conversation et commence à leur proposer son idée de spectacle qu'il voudrait créer au Théâtre du Rond-Point, mais il recherche des financements... Ces messieurs en face de lui hochent la tête en souriant. Je sens que ça doit être des entrepreneurs, pas des créatifs, mais des mecs qui manipulent l'argent pour fabriquer de l'Art à destination du grand public.

Je ne quitte pas la rousse des yeux, elle parle doucement et caresse les gens pendant que Zonebbu s'étale les bras grands ouverts sur son idée de nouvelle mise en scène en hologrammes.

— Elle te plaît Belle Veranne ?

Le type à gueule d'oiseau me sourit.

— Quoi ?

— Tu la connais pas ? La rousse que tu regardes là c'est une star dans le milieu bondage. Tu veux que je te la présente tout à l'heure ?

— Non ça ne l'intéresse pas, dit Zonebbu.

— Si ça m'intéresse !

— Non, ma filleule est beaucoup trop jeune pour rencontrer cette femme.

— Je suis au zoo.

— Quoi ?! gronde Zonebbu.

— Vous me laissez derrière la vitre, je ne peux pas participer, vous m'emmenez dans un monde où je n'ai pas le droit d'exister, ça ne veut rien dire Zonebbu.

— Ma filleule a un humour étrange, il dit aux deux types.

— Je m'en vais.

— Vous restez ici, pour l'amour du ciel ne me faites pas votre crise Soizic !

— Et je suis son plan cul hebdomadaire, pas sa filleule, je dis en me levant.

Je quitte la fête avant qu'il explose, du canapé à la rue je ne fais qu'une pause pour attraper une bouteille de champagne et un paquet de cigarettes qui traînait sur une table. Personne ne m'a vue, hormis Belle Veranne. Elle m'a lancé un long regard amusé et nostalgique, il a traversé la porte, le palier et les escaliers avec moi.

Dans la rue je fais sauter le bouchon du champagne et une dame qui fouillait dans son sac à main sursaute. « Vous en voulez ? » je lui propose, elle fait non de la tête et s'enfuit à travers le digicode et le bip, derrière une porte lourde. Dans le hall, les lumières s'allument. Ça lui fait des yeux à la porte, tout en haut. Je reste à la regarder dans ses yeux jaunes depuis la rue. Les êtres humains de Paris sont vraiment spéciaux. Je bois avec les yeux jaunes. On est bien dehors.

Zonebbu est à côté de moi, il prend la bouteille et regarde les yeux de la porte lui aussi, il peine à cacher qu'il est essoufflé, il a couru, il a sué.

— Elle était naze votre soirée, je lui dis, et vous avez été imbuvable.

— J'ai bien cru que je n'allais jamais vous retrouver. On va chez vous ?

— C'est toujours le bazar.

— Pourquoi vous ne voulez pas que je vienne à la fin ? Moi je veux être avec vous cette nuit Soizic, j'en ai marre d'attendre ! il me dit avec ses gros yeux.

Je ne peux pas lui montrer mon hôtel, il est trop précieux, il ne supporterait pas. Il ne voudrait plus de moi.

Alésia, c'est le nom de sa station, et pour moi Paris, ce n'est que des stations de métro, quand on est face à un plan, il y a le haut, le bas, la gauche et la droite. Nation est à droite, les quais c'est au milieu. Alésia en bas. D'ici, pour aller chez moi, il faut remonter par la ligne 4. Comme dans un téléphérique. Voilà.

Chez Zonebbu c'est très beau, un immense salon au plancher clair dans lequel il n'y a que quelques meubles épars, un poêle prussien en porcelaine bleue et blanche, de grandes fenêtres arrondies dominant les toits. Dans les profondeurs de l'appartement c'est un couloir, une enfilade de pièces et au bout la chambre. Un ami trader le lui prête, il a fini par me l'avouer à contrecœur. Il y a un fauteuil Le Corbusier en poil de poulain véritable. Je croyais que c'était de la vache, mais non.

Zonebbu descend le vidéo-projecteur et je retire mes vêtements, me connecte au compte Netflix de Jacqueline, je sais bien que c'est l'heure où elle va vouloir regarder sa série, elle sera bloquée. Il se met nu aussi et se glisse dans mes bras, se colle à moi. Il ne bouge plus, il est heureux. Passant un bras par-dessus ses épaules, je commande depuis mon iPhone et remets bien à l'endroit où l'on s'était arrêtés la dernière fois. À l'épisode 2 de la saison 3 de *Breaking Bad*.

Au Panis, la brasserie sur le quai, en face des boîtes, le patron, il faut l'appeler tonton, et la patronne tantine. Tantine ne me dit pas bonjour, ne me sert pas. Tonton porte une queue-de-cheval soignée, une chemise et un beau plastron sur lequel sont plantées une multitude de broches qui ressemblent à des sigles de l'armée de l'air. Il lui reste un vague accent du Sud et il regarde les gens par-dessus ses lunettes. Il enfonce un petit beignet sur la touillette de mon café à emporter en disant que les livres la petite elle ne doit pas en vendre beaucoup.

Le beignet finit dans la bouche de Catherine qui le mastique longuement en général, « Moi j'ai jamais de beignets, c'est parce que je suis vieille et moche, toi tu es jeune, tu as des beignets ». Elle a toujours froid, est emmitouflée dans cette masse incompréhensible de pulls avec ou sans manches, de sous-pulls et par-dessus un débardeur… Parfois il faut l'aider à s'en débarrasser si le soleil montre un peu trop sa face oubliée dans les nuages.

Elle m'appelle toujours au moins trois fois par jour, j'ai bloqué son numéro, elle dit qu'elle est seule, elle ne comprend pas pourquoi elle tombe sur ma messagerie, je lui dit que c'est la faute de Bouygues. Elle est vieille, elle me croit.

— Je vais te poignarder, je vais te mettre un couteau dans le cœur et tu meurs !

— Mais je vous ai dit que je rachetais pas de livres ! Je remplace quelqu'un !

— Regarde ! un tas de livres ! Cinq euros, merde ! Tu fermes ta gueule et tu les achètes, hein ! Pas compliqué tu te tais tu prends l'argent et tu me le donnes !

Il est tout tordu, je ne sais pas quel âge il a, il lance les livres sur la route et il bloque les voitures pour aller les ramasser. Et moi je ne sais plus quoi faire :

— Je suis désolée, je dis.

— Comment ça tu veux pas prendre 5 euros de livres, tu achètes c'est tout ! je te dis tu achètes, tu achètes salope !

Catherine a levé le nez de *Madame Bovary* qu'elle lit pour la trentième fois d'après Baptiste, elle nous observe, mais ne bouge pas de son tabouret. Je suis tétanisée, il plonge ses yeux noirs dans les miens, il me regarde bien en face et il dit :

— Je vais revenir, je vais te tuer, tu vas mourir.

Il plie et il replie la grande couverture rouge vif qu'il porte sur son dos, il la fiche par terre et il la ramasse, la passe par-dessus son épaule comme on replacerait son écharpe, bascule en arrière. Se rattrape en agitant les bras, la replie, la bourre dans son cabas, la ressort. Recommence. La lance sur le trottoir. Les gens passent et repassent en fuyant imperceptiblement. « Je vais te tuer, tu meurs, je vais revenir pour que tu meures » il dit. Je suis déjà morte, son visage étranglé c'est la mort, c'est plus rien du tout, c'est plus un homme. C'est un être en plein bug cérébral avec sa couverture rouge. Sa bouche aux lèvres dévorées, les commissures mousseuses, le nez tout éclaté qui se répand liquide, bien après son territoire, pendant que le visage tâche de rester au sommet du paysage sous les torsions du corps. Il sent le froid et la vase. Le fleuve entier, pollué, se sort de lui, il monte en l'air et redescend vers les quais en bas.

Je recule vers ma table à souvenirs en espérant qu'il va m'oublier. Dans sa folie. Je me cache derrière les tours Eiffel à strass et le panneau de pin's vintage. La couverture rouge se replie en carré et en triangle par terre, il va me tuer. Elle est finalement jetée en travers des épaules, le cabas redémarre en râlant. « Regarde je vais revenir ! » dit le mec, et enfin il s'en va. Le diable et sa couverture.

— Soizic, il ne va pas revenir, dit Baptiste.

— Il ne va pas revenir te tuer, dit Catherine.

— Il avait l'air sérieux…

— Tu lui souffles dessus et il tombe, t'as rien à craindre.

— Ça fait partie du métier ces trucs-là.

— Ah bon ?

— C'est vraiment une provinciale n'empêche, ricane Catherine. Paris est comme ça ma fille faut que tu t'habitues.

— Il avait l'air tellement désespéré.

— Y en a des tas tu sais, celui-là on le connaît pas trop mais dans les courtiers, il y en a quelques-uns qui sont un peu particuliers, par exemple, celui avec des lunettes de ski qui vend des soi-disant pierres précieuses, mais qu'on tolère parce qu'il a du Brecht, eh bien il a vu Dieu dans un clip des Black Eyed Peas.

— Ah oui ! le clip a été conçu pour que Dieu lui parle au travers, s'ils savaient les Black Eyed Peas…

— Tu connais ces trucs-là toi ? je dis à Catherine.

— Tout le monde connaît ! J'ai été fun moi ! Bref, il ferait pas de mal à une mouche.

Et ils retournent à leurs moutons, amusés.

J'ai du mal à faire quelque chose. Devant l'avant-dernière boîte, la plus belle, deux filles se prennent en photo. Des Instagrameuses. C'est toujours la même chose, elles sont chez elles, elles choisissent de jolis livres qu'elles tiennent dans leurs mains la mine pensive, les reposent et en choisissent d'autres. Elles n'achèteront rien. Elles sont cinglées, elles pourraient poser avec *Mein Kampf* dans leurs bras sans s'en apercevoir, pourvu que la reliure soit « stylée ». Moi je dis, barges. Elles prennent toute la place et empêchent les autres de voir les livres, n'ont même pas un regard pour moi. Je vais leur dire, je voudrais leur dire de s'en aller tout de suite, que c'est grossier. Mais je n'y arrive pas. Quand elles s'en vont je vais ranger le bazar qu'elles ont laissé.

Je suis incapable. Est-ce qu'ils pensent que je suis incapable ? Ils le pensent, Catherine et Baptiste, tout le monde, ils ont des doutes. Est-ce qu'elle est pas un peu trop peureuse pour attaquer la rue, pour l'habiter, pour l'embrasser tous les jours ? Une petite folle de province qui joue dans une cour trop grande pour elle, et s'en retournera dans ses vignes et ses coteaux en pleurant comme une fleur jetée dans une flaque. Une touriste. Et s'ils disent à mon cousin que je n'ai pas la carrure de faire n'importe quoi et d'en imposer comme tous les Coste ? Il va me renvoyer. Toute la famille le saura. Ma mère saura que je ne suis pas assez. Ceci n'est pas ma place. Elle ne voudra jamais me rencontrer. Elle me méprisera de loin. Si je ne suis vraiment pas assez du tout et pour tout que vont-ils faire de moi ? Je dois montrer que je suis assez, même si ce n'est pas vrai. Ma place n'existe pas. Je vais usurper.

Aujourd'hui, on est le 10 juillet, j'ai vingt-trois ans, je m'en suis aperçue au réveil quand j'ai reçu un texto de mes anciennes colocataires de Poitiers : « Joyeux anniversaire Soizic ! Profite bien de cette journée puis de l'année qui s'annonce, on t'embrasse, etc. », très protocolaire. Je ne les verrai sans doute plus jamais.

Ça s'est passé pendant la nuit quand j'étais profondément enfouie dans le sommeil, d'une heure à l'autre, clic ! j'ai changé de chiffre, un an soufflé, sucré, archivé. 22. 23.

Je n'avais encore jamais oublié mon propre anniversaire, celui des autres, plein de fois, mais pas le mien.

En me levant je me dis que c'est une journée spéciale, il faut faire quelque chose.

Je mets la cafetière sur le feu, ouvre la fenêtre, roule une cigarette, regarde compulsivement mon portable, finis par appeler Zonebbu. Trois fois. Au bout d'un moment j'abandonne, ça sonne dans le vide. Franchement.

Le café déborde par le joint que je n'ai pas changé depuis trois ans, tous les jours j'y pense quand je le vois s'effriter, noircir et perdre ses petits morceaux. La plaque électrique grésille et ça fait des bulles. Je mets tout dans le lavabo.

J'allume l'ordinateur, ouvre la page Google Chrome, Netflix, laisse passer le matin puis le midi devant un truc qui s'appelle *BoJack Horseman*, je m'y perds, culpabilise, oublie.

J'attends un signe, une surprise, appuie sur pause tout le temps pour regarder mon téléphone. Est-ce qu'on a essayé de me joindre ?

À quinze heures un homme en claquettes et short de bain, serviette sur le dos, la cinquantaine, sort des toilettes et marche nonchalamment jusqu'à sa chambre au fond du couloir. Je pose mes pieds sur les petites dalles pour m'accroupir avec précaution, ravalant un haut-le-cœur face à l'humidité, à ce qui dégouline comme eau depuis les pores du mur abîmé. Je ne comprends pas, je ne comprends pas ce qu'il peut fabriquer ici en tenue de plage.

À dix-sept heures, je n'ai rien reçu de la journée, qu'un message de Bokné qui voulait savoir si je travaillais après-demain. Il n'avait pas l'air d'être au courant.

J'attends toujours que mes grands-parents téléphonent.

À dix-huit heures, j'ouvre une bière.

Puis une deuxième, et je serai où d'abord à vingt-cinq ans ? Est-ce que je serai toujours en vie ?

Finalement, j'appelle mon cousin.

— Soizic ! Ça va ?

— Tu fais quoi ce soir ?

— Je suis devant Notre-Dame avec les copains, tu veux venir ?

— Je ramène du mousseux !

Ils sont trois devant la cathédrale, un mec aux dents pétées d'une quarantaine d'années, les yeux bleus comme le ciel, Bokné, et Mike, son colocataire, notre âge.

Bokné boit de la 8.6, il est tout rouge comme d'habitude. L'ambiance est à peu près calme.

Je mens quand mon cousin veut savoir si j'ai passé une bonne journée, je souris beaucoup. L'ami aux yeux bleus est bouquiniste, Henry il s'appelle, il a l'air de me connaître, moi je ne l'ai jamais remarqué, il dit qu'il me voit tous les jours, ses boîtes sont à trente mètres de celles de Bokné. Henry le bouquiniste fait une blague sur mes horaires de travail, selon lui je suis fauchée, je suis la première à ouvrir et la dernière à fermer. Je rétorque que j'ai tout l'argent qu'il me faut. Je ne réponds pas quand il me demande où j'habite et le montant de mon loyer, veut me décortiquer pendant que Bokné se remet à parler avec Mike. Il se renseigne sur l'état de ma culture littéraire et cinématographique, commente la finesse de mon visage, pense qu'une nana comme moi peut tout à fait réussir à Paris si elle sait s'entourer, mais de quoi il parle ? Je ne le suis pas, je veux fuir la conversation, ça commence mal, je n'aurais jamais dû venir, je fais des réponses brèves. Il fait celui qui connaît bien les jeunes, les femmes, les jeunes femmes, les femmes comme toi il leur faut un homme bien planté qui sait s'y prendre. Les hommes ne vont pas sans les femmes et l'inverse non plus, et d'ailleurs, exemple tout simple, ce n'est pas très prudent pour une jeune femme comme moi d'ouvrir seule et sans voisins sur les quais. Il pourrait m'arriver des bricoles. Il me propose son numéro de téléphone au cas où. « Ta gueule Henry ! » finit par dire Bokné.

Je fais sauter le bouchon du vouvray qui monte en l'air et va s'écraser dans un massif sous le « Ahhh ! » heureux des trois autres. Les rats autour gambadent, se battent pour des bouts de crêpe oubliés par terre, la conversation part sur autre chose et je n'arrive pas à la suivre, à l'écouter. Je bois en repensant au courtier et sa couverture rouge qui m'a fait si peur, je suis une trouillarde. Je ne prends pas les menaces de mort comme on enregistre les prévisions météorologiques, je devrais. Ils sont grands et ils disent des choses intéressantes, je respire mal. Mon cousin m'observe, je suis sûre qu'il se demande s'il va me garder pour travailler. Je vide mon verre.

Plus tard on descend près de la Seine. Henry a tout du parfait bourgeois dans la diction, la boisson et la souplesse, porte une chemise bien repassée avec une belle ceinture en cuir, le pantalon est très abîmé et ses chaussures trouées au niveau des gros orteils. Il a une moustache, elle est grise et propre, l'intérieur de sa bouche est perforé en plein d'endroits, les dents ont fui la mauvaise vie. Tout ça est d'une drôle de beauté.

Il parle toujours autant, ça fait vingt ans qu'il est sur les quais, est arrivé par accident, par une galère, il travaillait pour Catherine au début. C'est devenu une sale mégère selon lui, Bokné acquiesce et je ne dis rien.

Mon cousin m'offre un joint entier, je m'allonge avec au bord de l'eau, fais coucou aux bateaux du soir, la nuit claire et jaune de Paris s'installe tout autour. Toute cette lumière. Tout le temps. Et si dans vingt ans je suis toujours là ? Et si j'y perdais mes dents sur les quais de Seine ? Et si je me mettais à sucer des spéculoos ? À lire sous mes boîtes pendant des heures en regardant à peine les clients comme Baptiste ? Mais lire, sur les quais, trop de bruit, je n'y arrive toujours pas. J'ai essayé des trucs simples et des bandes dessinées. Même les illustrations de Serre, impossible de s'y plonger. Est-ce qu'il faut un temps d'adaptation, une sorte d'entraînement pour arriver à lire dans les moteurs, les odeurs d'essence ?

Je suis défoncée. Il est vingt-trois heures, je regarde mon téléphone. Mais les vieux à cette heure-là dorment devant la télé. C'est plus le moment de souhaiter les anniversaires.

— Mais qu'est-ce que tu fous avec ton portable ? demande Bokné un peu agacé au bout d'un moment.

— Désolée ! Je le range. J'attendais que mes grands-parents m'appellent, mais ils l'ont pas fait.

— Pourquoi ?

— J'en sais rien, parce que c'est des cons.

— Faut pas dire ça sur sa famille ! s'exclame Henry.

— Je voulais dire, coupe Bokné, pourquoi tu voulais qu'ils t'appellent ?

— Elle devrait pas parler comme ça de votre famille !

— Alors déjà tu dis pas « elle » parce qu'elle est devant toi et en plus elle dit bien ce qu'elle a envie de dire !

— Parce que c'est mon anniversaire aujourd'hui, je réponds.

Silence. Ils me regardent tous, je continue :

— Mais j'avais oublié, du coup j'ai rien prévu et je me suis retrouvée le bec dans l'eau.

— Pourquoi tu l'as pas dit plus tôt ?
— Joyeux anniversaire Soizic !
— Faut fêter ça !
— Vous êtes pas obligés.

Sobre, j'ai peur de tout.

Ivre, je pourrais tuer un ours à mains nues et le manger avec ses poils. J'aime les conflits et la danse. L'avenir existe, le monde est un grand soleil et une guerre dans laquelle je veux me jeter. Je veux bien aimer et déchirer le ventre de Gargantua, manger comme lui, boire comme lui, écrabouiller des collines et faire venir les orages. Je suis folle de joie, ma tête est en roue libre, elle se fait des films et mon corps marche avec les autres dans la rue pour trouver une boîte de nuit. Avec de la musique de supermarché. C'est ça qu'on cherche. Je suis une louve, je suis Gargantua, donnez-moi une vodka Red Bull. Et Fun Radio. Mon cousin est un ogre sanguinaire, ses cheveux c'est du feu, nous marchons côte à côte, je ne sais pas ce qu'on se dit. Je dois lui prouver, je suis sûre qu'il sait, je suis une peureuse. Ils lui ont tout raconté, c'est certain. Il attend de voir de quoi je suis capable, il me jauge, je le sens. Je bois comme lui. On va leur montrer dans la boîte de nuit.

Mais les vigiles nous jettent dehors, « La grande perche elle est bourrée et l'autre avec ses dents pétées c'est pas la peine », je m'énerve immédiatement et on s'insulte, je renverse la table haute et ronde à l'entrée sous l'œil admiratif de mon cousin. Le mec me pousse, Bokné le pousse, je pousse un cri de guerre et Mike et Henry nous ceinturent et nous entraînent en arrière en s'excusant platement pour nous. Ensuite ils nous font un très long laïus enchevêtré sur le respect des autres. Je recouvre les paroles d'Henry en lui disant de se taire pour toujours. Il se vexe, dit qu'on est vraiment trop faits, il s'énerve, il s'en va, Mike le suit parce qu'il a vomi, il n'en peut plus, il veut dormir.

On est déjà bien trop loin pour penser à les retenir. On a compris qu'on était bien de la même espèce et que l'esprit de la famille Coste se transmet de génération en génération, par ce mimétisme irrésistible des aînés. Je suis soulagée. Lui et moi on se ruine à l'épicerie dans une rue qui a un nom de salade à Bastille, on erre dans le quartier en ouvrant nos bouteilles.

Une fête dans un appartement, la musique passe par la fenêtre ouverte du premier étage. La porte de l'immeuble est ouverte et bloquée par un pack de bières vides, on prend l'escalier qui longe les murs à colombages jusqu'au premier. Les cheveux blond-roux de Bokné scintillent dans la lumière crasse du couloir, c'est beau, il frappe à la porte. Un gars immense et très maigre nous ouvre, joint à la bouche.

— Bokné !! Je croyais plus que tu viendrais !

— On a ramené à boire il dit, et c'est Soizic, ma cousine.

Il ouvre très grand la porte et nous sommes précipités à l'intérieur.

C'est un appartement à poutres au plafond et vieux parquet comme je les aime. À l'heure qu'il est il suffit, pour passer une bonne soirée, d'errer entre les grappes mobiles des invités qui boivent et fument. Je perds Bokné et le retrouve, j'observe fascinée des gens en train de prendre de la cocaïne sur une boîte à CD. Je n'en avais vu que dans les films, je croyais que c'était un truc de riches. Un mec s'est endormi dans la baignoire, un quarantenaire, il y a toujours un quarantenaire paumé dans les soirées d'étudiants. Va savoir.

La bouteille de rouge que j'ai achetée est bue rapidement, mais moi, à cette heure-là je m'en fous, je parade avec en remplissant les gobelets empressés qui se tendent. J'en garde un fond pour moi que je bois directement à la bouteille, Bokné prend une photo, « Pour Insta » il dit, le dépôt se colle à mes dents, il grince sur ma langue et je vais me rincer la bouche, faire des gargarismes près du quarantenaire assoupi. Il ronfle, tout va bien. Je m'assois sur le bord de la baignoire et l'observe, ma bouteille vide toujours dans les mains.

Et puis je me laisse glisser sur lui, je me retrouve dans ses bras, genoux passant par-dessus la baignoire, le dos appuyé contre le mur du fond. Pas la moindre réaction, je lui souffle sur le visage et il fait « Euuuu ». Je me cale confortablement sur son ventre, prends plusieurs photos de nous. Je me trémousse sur lui, mais il ne se réveille pas et ça m'agace beaucoup.

— Qu'est-ce que tu fous ?!

L'hôte qui nous a ouvert est entré dans la salle de bains.

— Je voulais voir sa tête, mais il ne se réveille même pas.

Je m'extirpe de la baignoire et mets entre les bras du quarantenaire la bouteille de vin, puis je dessine à la mousse à raser sur sa chemise et son pantalon, finalement comme je n'arrive pas à faire le motif que je veux, je vide intégralement la bombe sur lui et la coince entre ses jambes. Le grand maigre trouve ça marrant et prend des photos.

En sortant de la salle de bains je regrette ce que je viens de faire, je suis affreuse. J'oublie, je lui en ai mis plein la vue à l'autre.

Lui et moi nous devenons les meilleurs copains du monde, on s'embrasse un peu et il veut aller dans la chambre, mais moi je refuse parce qu'il y a pléthore de nouilles collées à la casserole et Bokné met de la mayonnaise et de l'huile d'olive par-dessus.

Je voudrais que ça ne s'arrête jamais. Je vais vomir un peu et puis ça va mieux alors je rebois et je danse.

À six heures du matin il faut se rendre à l'évidence. La fête est finie. Le grand maigre veut s'avachir sur moi en insistant, alors avec Bokné on sort, on marche au milieu de la route, Strasbourg-Saint-Denis, je récupère la ligne 4 vers Château Rouge.

J'ai reçu une Dromacarte sur ma boîte mail. C'est une carte d'anniversaire qui s'envoie automatiquement tous les ans, dessus il y a des dromadaires qui chantent et des ballons montent vers le ciel, quelque part derrière, des pyramides. Ça vient de mes grands-parents, je me souviens que Jacqueline avait mis ça en place pour « ne plus avoir à m'emmerder avec ces anniversaires à la con ».

Je me couche tout habillée sur le lit.

Rideau.

Il est sept heures du matin, je suis au rendez-vous à un endroit qui s'appelle Ledru-Rollin. Un gros boulevard très laid avec au milieu une rivière de béton piétonne protégée par quelques arbres et de l'herbe en petites touffes parsemées de mégots et de plastique.

J'attends Bokné qui n'arrive pas. Baptiste, lui, est là avec dix minutes de retard. Moi je suis à l'heure, toujours, très ponctuelle, le retard et l'avance m'angoissent, alors, à la minute près, je m'organise.

On attend vingt minutes sans avoir trop de conversation, Baptiste pense qu'à sept heures trente il a déjà perdu quelques affaires, mon cousin est injoignable.

— Je vais pas attendre plus longtemps il finit par dire, il nous rejoindra bien quelque part à un moment.

— Mais je ne sais pas chiner, je devais apprendre…

— Eh bien je vais te montrer un peu, le sac à dos déjà, Soizic, si tu continues le métier, il faudra t'acheter un cabas, on se casse le dos avec les livres.

— Ah.

— C'est un travail de mule, bouquiniste.

Je le suis dans les allées, entre les tables et les nappes installées par terre, envahies d'à peu près tout.

Le vide-greniers parisien n'est pas le même qu'à la campagne, il n'y a pas de pelouse, pas d'enfants qui courent partout, à Paris les enfants sont tenus à la main ou dans les bras, j'ai aperçu l'autre jour un enfant de quatre ans à peu près au bout d'une laisse, les parents se la passaient et tiraient dessus quand le môme faisait mine de s'éparpiller. La circulation du quartier n'est pas bloquée et ce n'est pas jour de fête, il n'y a pas de terrasses improvisées et moins de points de ravitaillement avec des frites et du pâté qu'en Touraine, d'ailleurs, il n'y a pas de pâté du tout.

Baptiste s'arrête partout, il semble reconnaître les livres d'un coup d'œil à la tranche, moi je suis lente, j'hésite sur chaque titre, je prends deux Victor Hugo qu'il me fait reposer tout de suite.

— Regarde, c'est écrit en majuscules 2 euros sur la couverture, tu le vendras jamais à 3,50.

— Ah oui…, je dis bêtement.

Il me montre les livres de poche :

— Pour commencer doucement, on va te chercher des livres pas chers et facilement vendables, tu apprendras plus tard et au fur et à mesure pour les choses plus spécialisées. Tu les prends pas s'ils sont un peu pliés ou cornés, ni quand c'est des éditions moches pour le bac ou les GF Flammarion récentes qui sont affreuses, à moins bien sûr que ce soit Céline, Camus, les trucs comme ça. Les vieux livres de poche sont magnifiques, les plus récents, excepté les 10/18, sont globalement assez laids, comme les immeubles neufs quoi. Les vieux 10/18 tu peux les vendre à 4 euros, parfois jusqu'à 15 pour des titres rares, comme certains Jack London ou Jules Verne, mais faut faire attention, faut que tu les ouvres et que tu vérifies que les pages ne se détachent pas, c'est assez fréquent dans cette édition, pareil pour les NRF Idées. Aussi tu n'achètes jamais les poches au-delà d'1 euro, de préférence tu les prends à 50 centimes et tu rechignes un peu quand on t'en demande plus, à moins que ce soit Céline, etc. Tu peux monter à 2 euros pour *L'Étranger* ou *Harry Potter* ou Céline ou *Le Petit Prince* s'ils sont très beaux. Parce qu'on a du mal à les trouver…

Il m'abreuve d'informations, ça n'en finit pas, rien que les livres de poche, je ne sais pas comment je vais faire avec les autres.

— Les petits NRF Poésie tu peux parfois les prendre au-dessus du prix des poches en fonction des auteurs et de l'état et de la rareté, tu peux les vendre jusqu'à 8 euros, et ça là, tu vois c'est très joli, mais c'est le Club du livre ça ne vaut rien, pour les touristes à 4 euros ça part. Et ça c'est les Nelson, très mignons, beaucoup de collectionneurs, en gros, c'est le père du Livre de Poche.

— Mais comment je vais apprendre tout ça ?! je demande un peu paniquée.

— Au fur et à mesure. T'inquiète pas, moi aussi j'étais perdu quand j'étais jeune.

Baptiste trouve toute une collection de *Elle* des années 50, les couleurs se sont échappées par endroits et ça ne rend les robes et les rouges à lèvres et les chapeaux et les yeux bleus ou verts des dames que plus beaux. Les coutures tiennent, 1 euro pièce, il m'en fait prendre vingt :

— Ton cousin va être content, moi je ne vends pas ces choses, c'est trop superficiel, mais pour vous ça va, c'est très joli dans les boîtes et puis les vieux magazines de mode, c'est très recherché, surtout les *Vogue*, pour trouver des *Vogue* il faut avoir une sacrée chance par contre. Les *Elle*, tu vas les vendre entre 6 et 8 euros.

À la fin on est vraiment chargés. Dans le bus, je rappelle mon cousin plusieurs fois, j'espère le trouver sur les quais, mais il n'est nulle part.

Baptiste me montre comment on nettoie les livres au dissolvant, comment on gomme légèrement les tranches noircies, comment on les recouvre de cellophane, je découpe mal les grandes feuilles transparentes. Je note tout ce qu'il dit sur un petit carnet, pour être sûre de me rappeler comment on repère les premières éditions du Livre de Poche. Aussi je note bien tous les titres et les achats que j'ai faits pour Bokné. Pour qu'il me les rembourse. Quand il réapparaîtra.

La nuit.

Je suis sur une brocante. Je trouve un jeu de cartes que j'avais vendu quelques jours auparavant, le même. Je le sais parce que je l'ai rafistolé moi-même et j'avais calligraphié le nom des cartes. Il y a mon écriture dessus, j'en tiens une dans ma main, elle est jaune et déchirée, elle porte un nom en haut à gauche, « Sisyphe ». Mon écriture, j'ai écrit Sisyphe avec un Z, comme ça : « Zisyphe ». Je le dis à la brocanteuse, elle s'en fout. Je lève la tête alors et je vois ma mère, c'est elle, son visage n'a pas de traits, il est trouble, il s'élargit et se fend en deux. Son rire explose dans mes murs. Elle se moque de moi. Je continue ma brocante et je ne peux plus lever les yeux, mes paupières sont devenues des pierres. Je ne peux plus regarder personne. Je me bats contre moi-même, je ne peux pas me réveiller, je suis dans mon lit. Je suis paralysée, je lutte pour bouger, j'ai mal. Autour de moi il y a des objets qui tombent et la porte claque. Une vibration, un monstre, je suis dans un monstre qui se frotte à moi et m'arrache des bouts de peau tout au long des bras. Comme si j'étais traînée sur une route, comme si je glissais le long d'un mur en crépi. Je me colle une gifle et me réveille la joue en feu.

Je me lève et saute sur place, me jette dans la douche. Le voisin écoute du zouk. Il est neuf heures et quart. Les murs sont fins comme mes paupières.

Porte fermée à clef, les volets rabattus, à cause du vis-à-vis.

J'entasse les billets sur le lit, des orange, des rouges, des bleus, par petits paquets de 100, ça fait une esthétique très dealer de drogue. Comme dans les films, parce que des dealers de drogue j'en ai pas vu en vrai qui triaient leurs billets de banque.

À la fin je mets 2 000 euros dans une enveloppe kraft que je recouvre d'un pochon à légumes, il vient du marché, j'ai acheté des courgettes.

Dans le métro, avec tout ça, j'essaie d'avoir l'air désinvolte, mais je m'assois bien dans un coin avec mon sac collé sur le ventre. Je n'ai jamais fait ça, transporter la caisse. Quand même un type me regarde, je ne suis pas tranquille, même si les types me regardent souvent et que je préférerais qu'ils ne me voient pas. C'est désagréable. Avec 2 000 euros dans mon sac, ça l'est encore plus.

Je me suis mis en tête que j'allais tout lui donner à Bokné, c'est stratégique, ça me fait un prétexte pour le voir, il ne répond pas au téléphone mais je sais qu'il doit ouvrir aujourd'hui. Après avoir bien réfléchi, je me suis dit qu'il ne voulait sans doute plus que je travaille pour lui mais qu'il ne savait pas comment faire pour me le dire. Alors j'y vais.

Quand je sors du métro le type me suit, j'évite l'ascenseur pour ne pas être coincée, il monte les escaliers derrière moi, j'essaie de respirer lentement. Finalement il bifurque à droite, dans la cour de la préfecture de police. Je suis parano.

J'arrive à l'heure où mon cousin aime ouvrir, dix heures. Mais il n'est pas là. Je m'assois et j'attends, boîtes fermées au milieu des touristes. Je le rappelle plein de fois, au bout d'un moment je tombe sur la messagerie. Finalement j'ouvre, s'il arrive, ce sera fait.

Mais deux heures après, tous mes voisins sont là sauf lui. Je commence à m'inquiéter.

— Ça lui arrive, de temps en temps il disparaît, dit Baptiste.

— Mais il me l'aurait dit non ? Je travaille pour lui quand même.

— Pas sûr tu sais il est dans sa bulle.

J'ai du mal à en rester là, parce que samedi c'est jour de fête, c'est le festival des courtiers, son jour préféré. J'ai peur de recroiser l'autre avec sa couverture rouge et un couteau pour mon cœur.

Henry rejoint Baptiste, ils se placent tout au bord de la route pour que Henry puisse surveiller ses boîtes. De loin. Ils arrivent de partout, comme des oiseaux qui se rassemblent. Pour l'instant j'observe, j'écoute Baptiste, le regarde travailler, Henry veut tout m'expliquer à propos des livres, mais je l'ignore. Il finit par abandonner, je crois qu'avec la soirée de l'autre jour, j'ai achevé de le contrarier.

Un pépé perché sur une béquille tire un énorme cabas rafistolé au scotch. Il a l'air fatigué, s'arrête devant Baptiste. Émane de lui une étrange odeur de bonbon. Ils échangent quelques politesses, puis le vieux sort de son cabas des paquets de livres que Baptiste pose sur le muret et inspecte. Il en garde deux ou trois et glisse quelques pièces dans la main de l'autre, qui repart en suant à grosses gouttes et va s'écraser sur le banc un peu plus loin.

Arrive un autre vieillard couvert de la tête aux pieds de vêtements beiges, son cabas semble neuf. Et le même manège recommence, livres, muret, pièces. Puis il va lui aussi s'écrabouiller sur le banc avec le premier papy qui est occupé à lisser sa très longue barbe grise avec les doigts. Passe devant moi un géant aux cheveux hirsutes et noirs. Il porte deux très gros sacs de voyage dont l'un est quasiment en train de craquer. Au niveau de Baptiste il ploie, se plie le dos droit, se met sur ses genoux une jambe après l'autre et pose sa cargaison, il se déplace à la façon d'un chameau qui se couche au sol pour laisser descendre l'humain installé sur son dos. Il est plein de belle culture, de beaux livres déchiquetés et rafistolés, de phrases entortillées à propos d'écrivains que Baptiste a l'air de très bien connaître. Alors que moi je n'y comprends rien du tout, je deviens auprès d'eux tout à fait ignare. Je croyais savoir des choses. L'homme est moins vieux que les autres, il ne s'arrête pas sur le banc quand il s'en va.

Enfin un dernier se répand en publicités, en billevesées, Baptiste se contente de lui rendre ses livres pendant qu'il parle, même si il en prend quelques-uns. Le courtier essaie de lui fourguer des peluches Mickey, il me regarde du coin de l'œil, s'en va doucement, serrant la main aux deux grands-pères échoués sur le banc.

Pas de couverture rouge, pas de cousin. Je ne comprends pas pourquoi Baptiste et Catherine ne s'inquiètent pas. Moi je commence à m'imaginer des tas de choses, les pires. Je fais toujours ça. J'ai des scénarios d'hôpital, d'accidents et d'enterrements. Je me vois à la cérémonie. Version où je fais un discours, version où je ne dis rien, juste, je reste digne et impassible à côté du père éploré. Et de ma mère ? J'envisage avec elle des dialogues et des conflits, elle me dit qu'elle est désolée, elle se met à genoux, elle ajoute qu'elle s'en veut à mort, elle veut tout rattraper, elle sera parfaite pour toujours. On est si tristes dans ma tête, à l'enterrement de Bokné. On se groupe. On devient un nœud et une famille, Jacqueline et Jean-Claude aussi sont là, j'en pleure presque. Quelque part émanant du cercueil, la musique de *Star Wars*, un Hobbit chante Boby Lapointe en guise de messe funéraire. Quelqu'un porte un chapeau de père Noël qui clignote et dehors il fait très froid, même si on est dans le ventre de l'été. La scène vient d'une autre vie. Que j'ai vécue. Que je vivrai.

J'ai les larmes aux yeux, je rends la monnaie à une personne étonnée et repars dans mes vapes en rangeant des livres.

Mon attention dérive vers trois filles en jogging et bomber. Elles parlent fort, rient dans tous les sens, le nez dans les boîtes. Je les vois qui entassent un tas de livres, c'est bien organisé, deux qui choisissent et une qui porte. Elles s'insultent joyeusement, retournent les étagères du fond à grands cris sauvages. Mon âge, AirPods à l'oreille, téléphone à la main. Tous leurs bruits me font peur, je reste dans mon coin à les observer et n'ose pas les approcher, attends qu'elles finissent l'empilement, la pyramide. La plus grande apporte le paquet et le pose directement sur la table à souvenirs.

— C'est trop bien chez toi ! y a trop de choix !

— Vous refaites votre bibliothèque ?

— Nan, on part à la mer, c'est pour la plage ! Tu fais un prix pour tout ça ?

Les trois m'observent pendant que je compte, je suis très lente, je perds mes moyens et voudrais qu'elles regardent ailleurs, je m'emmêle, *L'Amant*, *Jane Eyre*, *1Q84*, *Une chambre à soi*, nouvelles d'Ursula Le Guin, *Poèmes saturniens*, *Le Monde selon Garp*, *Demande à la poussière*, *Journal* d'Anaïs Nin, *Le Berceau du chat*, *La Ferme des animaux*, *Tarendol*, *Baise-moi*, *Guignol's Band*. Ça fait 51 euros, je leur en propose 45. Elles opinent, je cherche un sac, je suis fébrile, les gens de mon âge en groupe me terrifient toujours. Elles posent des tas de questions, me font de grands sourires, elles veulent savoir si je suis là depuis longtemps, si j'en vends beaucoup des livres, si je ne trouve pas ça dommage de vendre des tours Eiffel, est-ce que les journées ne sont pas longues ici parfois, si je peux prendre une photo d'elles trois devant les boîtes, où est-ce que j'ai acheté mon body rouge, est-ce qu'il y a un Starbucks dans le coin. Elles m'ensevelissent, elles s'écrient et je chuchote.

Quand elles s'en vont je suis un lac asséché, elles m'ont bue. Lessivée. Je voudrais des copines comme ça, je voudrais faire partie du groupe, qu'elles m'emportent sous leur bras au bord de la mer.

Je vois bien que mon chiffre n'a rien à voir avec celui de mes voisins qui ne vendent pas de souvenirs, je suis effrayée quand je fais mes comptes. Je vends en moyenne 30 euros de livres pour 100 euros de souvenirs. Baptiste est très spécialisé, souvent il ne vend rien du tout de la journée.

Il vient quand même. Les quais c'est addictif, un refuge pour ceux qui errent dans les rues, qui ne savent pas quoi faire d'eux-mêmes. On y connaît des gens, on sait qu'on va pouvoir parler à quelqu'un, regarder le temps passer sans trop angoisser. Les gens s'accrochent les uns aux autres et ils font comme ils peuvent, ils boivent du café, ils écoutent les histoires du quartier qui passent de boîte en boîte. Une maison sans portes, pour les clients, les bouquinistes et leurs amis. Tout le monde ici le dit, et moi je le ressens un peu.

J'ai grimpé, escaladé les ventes jusqu'à 450 euros. Je suis riche. Et Bokné, en rentrant, en achetant mes bières, j'y pense toujours, je ne sais même pas où il habite. Les 2 000 euros, je ne voulais pas risquer un nouveau trajet en métro, je n'étais pas tranquille à l'idée de les laisser dans la petite caisse en métal qui sert à mettre un peu d'argent parfois. Mais jamais autant, Bokné me l'a dit, c'est pour des petites centaines d'euros, pas plus. J'ai fini par glisser l'enveloppe au fond d'un carton plein de cartes postales.

Mon téléphone vibre :

— Soizic ! Je suis sous l'eau depuis deux semaines ! Il m'est arrivé beaucoup de choses.

— Vous avez oublié mon anniversaire.

Silence. Zonebbu tire une latte au bout du fil, embarrassé :

— On ne s'était pas dit qu'on se le souhaitait…

Je réponds par un grognement.

— Bon, mais qu'est-ce que vous faites Soizic, là, tout de suite ?

Une odeur grasse de couscous remonte et imprègne ma chambre, se colle aux meubles depuis les fenêtres ouvertes. La faim me remue, elle m'électrifie, j'attends, je ne mange jamais à une autre heure qu'à douze heures trente précises. Hier j'ai raté le créneau alors il a fallu jeûner. Huit heures quinze, je cuisine pour emporter mon repas sur les quais. La quantité de nourriture ne doit jamais dépasser une assiette pleine. Il ne faut pas que je puisse me resservir. Lorsque je mange plus que mon assiette, la peur se met à tordre l'estomac, elle le secoue dans tous les sens à l'intérieur, la trouille me rend malade. Il ne faudrait pas vomir dans les toilettes à la turque, ce serait trop désagréable.

La nourriture que j'ingère doit être préparée entièrement par moi-même. Je ne crois pas à ce qui est sous vide. Ce qui est acheté tout prêt au supermarché revient immédiatement de mon estomac comme un boomerang. J'achète mes légumes avec précaution, fabrique des trucs à base de haricots, tofu, céréales, patiemment. Je dois savoir exactement ce que contient mon repas dans le moindre détail. Je suis presque chimiste. Les mixtures peuvent exploser à tout moment dans mon organisme. Mais ici, c'est difficile sans cuisine, les casseroles avec la brosse à dents et la crème Nivea dans le lavabo, la fenêtre et la porte ouverte pour aérer, une glacière bleue avec les provisions dedans. Je fais congeler les pains de glace au restaurant de l'hôtel et je reviens les chercher. Il ne faut pas oublier une seule fois parce que sinon, avec la chaleur, tout est perdu. Le moindre doute et je jette tout. C'est toute une organisation. Ma vie est un camping permanent. Pour l'instant c'est rigolo.

Sur le palier, j'entends Aziz sonner aux portes avec son plateau de sardines grillées, il passe devant la mienne, marque une pause. Je m'immobilise totalement, un morceau de céleri dans les mains. Finalement il renonce et sonne chez mon voisin. Alors je me détends. Ma mère ne m'a pas envoyé de carte postale avec la tour Eiffel cette année. Est-ce qu'elle sait que je suis à Paris ? Je voudrais savoir ce que ça lui fait. Est-ce qu'elle va me contacter ?

Je finis par me décider à composer le numéro du grand-cousin, le père de Bokné, cousin germain de ma mère. Baptiste m'a donné ses coordonnées. Je ne connais même pas sa voix, ne sais pas trop comment me présenter. Quelqu'un décroche et j'entends « Oui ? », je m'emmêle.

— Bonjour, je suis Soizic, votre cousine, Soizic Coste, c'est bien vous mon cousin ? Silence, j'hésite :

— Allô ?

— Oui ! Excuse-moi Soizic ! Ça fait drôle de t'entendre ! Après toutes ces années, je t'ai vue tu étais toute petite, dit la voix de mon grand-cousin à l'autre bout du fil, … tu vas bien ?

— Oui, merci, je suis désolée de vous déranger, je vous appelle parce que je suis sans nouvelles de Bokné depuis un moment, et je m'inquiète un peu.

— Il va bien, il m'a téléphoné depuis un commissariat hier soir, il en a pour quelques jours là-bas apparemment.

— Quoi ?

— ... C'est-à-dire que c'est un habitué des policiers tu sais, je pense que tu peux aller ouvrir comme tu l'entends en attendant qu'il sorte.

— Mais qu'est-ce qu'il a fait ?

— Je ne sais pas, ça lui fait du bien de temps en temps qu'ils le rafraîchissent, depuis l'adolescence il est comme ça, au début je m'inquiétais beaucoup mais bon, il a tout de même son équilibre...

— C'est surréaliste, je marmonne.

— Pardon ?

— Quand est-ce que vous pensez qu'il sortira ?

— Sans doute d'ici lundi, il répond d'un air vague. Bon mais écoute ça me ferait plaisir de te rencontrer, est-ce que tu veux venir dîner à la maison vendredi ?

— Oui d'accord...

— Ça te plaît bouquiniste ?

— Oui beaucoup !

— Il est très content de toi Bokné.

— Ah bon ?

Mon cousin rit, quand on raccroche, je ne sais vraiment pas quoi penser et je ne sais toujours pas non plus comment il s'appelle.

Un dîner, c'est très embêtant, j'irai, je dirai que j'ai été malade et que je n'ai pas faim.

Je suis toujours en nuits pleines, en journées pleines. Les nuits sans lune et sans étoiles, Zonebbu qui passe et repasse. Les jours au fracas, à l'émerveillement des touristes, aux râleries des collègues, aux livres et aux paquets-cadeaux, aux cartes postales, aux photos avec la bouquiniste. Mais dis donc vous êtes jeune hein, t'as pas un zéro six, est-ce qu'il y a des toilettes publiques, excusez-moi mademoiselle je cherche le Louvre, y a pas un McDo dans le coin, ma fille doit lire *Nana* pour le lycée vous l'auriez à pas trop cher, maman regarde y a *Harry Potter*.

Et depuis l'autre rive, au travers du lit étroit de la Seine, l'œil glacial de Notre-Dame, parfumé de crêpes au chocolat et de glaces Berthillon, nous recouvre d'été.

Le lundi, Baptiste s'en va prendre le goûter avec ses copines au bistrot d'en face. Il y a celle en tenue coloniale qui le suit de près en méprisant mes tours Eiffel et l'autre, remplie de fleurs de la robe aux boucles d'oreilles, elle ressemble à peu près à un massif à l'anglaise, elle a toujours l'air d'une grande tristesse dans ses couleurs, et ses joues pâles ne fleurissent jamais sous les pétales en vrac.

Je surveille les boîtes de Baptiste et Catherine m'encourage à ne pas faire de ventes pour lui et à laisser les gens voler ses livres parce que ses goûters intempestifs l'irritent. La vérité c'est qu'elle est terriblement mortifiée de ne pas être invitée à leur table.

Catherine est spécialisée dans les manuels scolaires anciens, spécialisé chez un bouquiniste veut dire que sur ses quatre boîtes, il y en a une entièrement dédiée à son domaine de prédilection, les autres oscillent entre littérature, essais, histoire, etc. Il y en a pour toutes les matières, elle a une large clientèle d'instits à la retraite qui collectionnent les abécédaires. Elle est de manière générale trop fatiguée pour estimer ses livres et les met tous à 5 euros. Elle ne les couvre plus non plus et ils se ramollissent dans l'humidité ou bien se cornent en ne tenant plus debout sous le poids des autres.

Mais elle a de façon inépuisable la marchandise phare, celui que tout le monde s'arrache, *Le Petit Prince.* Introuvable en vide-greniers, avec Bokné on l'a une fois de temps en temps et il part dans la journée. Je ne comprends pas, tous les jours elle l'a, tous les jours elle le vend, quand je lui ai posé des questions elle n'a pas voulu répondre. En plus ils sont tout propres, ils ont l'air neufs, ça, les *Harry Potter* et les Jules Verne, je l'ai observée, à chaque fois qu'elle en vend un elle ressort un exemplaire de je ne sais où au milieu des vieux ouvrages abîmés. Son chiffre se balade de 5 euros en 5 euros et peut plafonner à 100 euros. Elle se cantonne la plupart du temps à 50 euros de recette, grâce à Jules Verne, à Saint-Exupéry et à Rowling.

Il y a un déséquilibre certain entre ma routine quotidienne et la sienne. Me voir sautiller sans cesse dans mon amas de clients avides de livres de poche, bandes dessinées, gravures de mode et autres tours Eiffel la rend parfois un peu chèvre. On n'y peut rien.

Ça, plus les goûters, les tasses de thé et les sucreries dévorées par Baptiste et ses convives, c'est trop pour elle. Je la vois qui lève la tête depuis son tabouret, ses mots croisés, regarde vers chez moi avec envie et aigreur, se replonge dans les grilles, revient, pose le magazine, appuie ses mains sur ses genoux et sort un gâteau en ronchonnant parce que les gens passent devant sa boutique toujours déserte.

À un moment, je la vois se précipiter et interpeller les clients devant mes boîtes : « Qu'est-ce que vous cherchez monsieur ? » elle dit. « Ah oui ! Eh bien venez voir, j'ai des choses à vous montrer », puis elle les attire vers son étalage sous ma face stupéfaite. « Vous allez voir tout ce que j'ai » et mes clients s'évaporent avec elle.

Je mets du temps à réagir et finalement laisse en plan les boîtes de Baptiste, la rattrape au moment où elle met le grappin sur une dame qui a des livres à moi dans les mains.

— Bonjour madaaaame ! dit Catherine.

— Catherine, mais qu'est-ce que tu fous ?

— Vous cherchez quelque chose ? Elle fait comme si je n'existais pas.

— Oh ! Catherine c'est pas possible ça !

— De quoi ? elle demande étonnée. Je parle avec la dame, Soizic.

— Non tu racoles mes clients !

— C'est pas vrai !

— Retourne à tes boîtes tout de suite !

Comme elle ne fait pas mine de bouger, je l'attrape par le bras et la remmène de force à sa boutique.

— Lâche-moi ! elle proteste sous l'air scandalisé de la cliente. On maltraite une vieille dame !

— Va faire tes mots croisés ! je crie en la laissant sur son tabouret.

— EH BAH C'EST ÇA !

Elle ouvre son magazine et griffonne au crayon de bois les réponses jusqu'au soir.

Quand Baptiste revient on lui a volé un livre. Au moment où je ne regardais pas. Il n'est pas content et je m'en veux beaucoup. « Je suis désolée, Catherine me volait mes clients », « Quelle sorcière celle-là », dit la colonialiste. « Et puis elle est devenue moche, tu vois ça me fait presque plaisir » renchérit le massif anglais. Et ça me rend triste.

À dix-neuf heures elle ne vient pas me demander de l'aider à fermer, mais je la surveille et arrive à temps avant qu'elle se prenne un couvercle sur la figure. On verrouille les cadenas ensemble et en silence. Elle part sans me dire au revoir.

Et je le vois. Comme s'il tombait du ciel, il ne vient d'aucun coin de la rue, simplement il est là, assis sur ce mur plein de fossiles. Bokné.

— Mais qu'est-ce que tu fous là ?!

— Eh bah putain ma grande ! il dit avec un large sourire, je t'embrasse pas je suis trop sale. Quelle histoire !

— Mais t'étais en prison ?

— Ouais ! comment tu sais ?

— J'ai appelé ton père, mais qu'est-ce qu'il s'est passé ?

— J'ai dérapé, c'était pas grand-chose mais bon...

— Raconte.

— Jeudi, j'attendais devant la station Saint-Michel de finir mon joint avant de prendre le métro. Mais y a trois mecs de la BAC qui passaient par là, et bon, moi j'étais déjà bien fait comme il faut tu vois, le gars il me dit « Jette ton truc », j'ai pas aimé la façon dont il avait tourné sa phrase et j'ai répondu « Mange tes morts », voilà. La chose à pas faire, l'autre il est parti en vrille, menottes et tout le tralala, et bim dans la voiture, île de la Cité, sous-sol, dégrisement.

— Merde ! je dis.

— Ouais, puis même si le voyage était court, j'ai pas été facile dans la voiture. Je sais pas, c'est le vin blanc et puis la beuh, faut que j'arrête ce mélange-là, tu veux une bière ?

Et sans attendre ma réponse il en attrape deux dans le wagon-bar et les ouvre.

Il continue :

— Le lendemain matin, je vais chez le procureur, le souci, c'est que j'ai un dossier... avec des petits trucs hein, mais tout additionné, il me dit, « Monsieur Coste, ça fait quatre mois de prison ferme ».

— C'est quoi les petits trucs ?

— Tout un tas d'infractions légères du même genre, c'est juste que quand on me parle je réponds toujours.

— Moi aussi.

— Ouais mais toi c'est pas pareil, déjà t'es une meuf et je suis sûr que même en peignoir t'as l'air classe. Les flics ils te calculent même pas.

— Ah… Tu vas aller en prison ?

— Mais non, il rigole, tout ça c'était pour m'impressionner et que je me tienne à peu près. Enfin bref, avec le procureur je suis gentil, en plus je suis tout à fait sobre donc ça se passe bien, on parle littérature et quand je lui dis que je suis bouquiniste il s'adoucit beaucoup. Ça se finit qu'il me dit : « Coste, je vous mets trois jours au frais tout de suite et on n'en parle plus », trois jours contre quatre mois j'ai crié oui ! Puis je me suis laissé faire. Trois jours d'un régime très sain ça a été, du vendredi au lundi.

— Mais franchement tu pouvais pas me prévenir ?

— Non j'avais droit qu'à deux coups de fil, j'ai appelé mon père et Mike pour qu'il pense à nourrir le poisson, mais je lui avais demandé de te prévenir.

— Il l'a pas fait.

— J'espère que le poisson va bien…

— Et après ?

— Après voilà c'était lundi, c'est aujourd'hui, ils m'ont sorti y a une heure.

— Je me suis inquiétée.

— Ouais, mon père aussi l'air de rien, et dis donc, cousine, est-ce que t'as de la tune sur toi pour moi ? Je suis à sec. Et est-ce que tu veux faire demain et après-demain ? faut que je me repose…

Il est très content des 2 000 euros sortis du carton de cartes postales.

— Quand même, ça me donne l'impression qu'on m'offre de l'argent. Je crois que j'aime bien avoir une ouvre-boîtes finalement, allez, tu fermes, on va boire un coup faut fêter ma sortie !

Zonebbu vient sur les quais, en ce moment il fait semblant de m'aimer vraiment, moi aussi un peu, je fais semblant. Il trouve que c'est pittoresque, bouquiniste, ça le fait rêver à des choses poétiques, comme beaucoup de gens. Comme moi avant que je devienne ouvre-boîtes. C'est sûr qu'il ne viendrait pas si je travaillais chez Franprix ou H&M.

Je le vois arriver de loin, il occupe tout l'espace, on ne voit que lui. Quand il est heureux, il a une tronche de soleil boursouflé, il prend son temps, observe les arbres et les passants avec l'air de les aimer tous passionnément. Zonebbu a la démarche féline dans son costume de mec qui bosse dans la pub, son iPad Air à la main. Le créatif, ce genre de personne à qui on fait un chèque à chaque fois qu'il a une idée, aussi naze soit-elle.

— Bonjour Soizic, vous allez bien ?

Je lui souris et sors une chaise du dessous des boîtes pour qu'il s'installe. Il arrache de son paquet de cigarettes neuf le papier argenté qui crisse, le froisse puis le tourne et le retourne dans son poing presque fermé, observe les gens :

— Ça m'irait bien bouquiniste non ? C'est peut-être ça que j'aurais dû faire comme métier…

— Vous dites ça parce qu'il fait beau.

— Je pourrais vous remplacer de temps en temps ?

— Je remplace déjà quelqu'un.

— Ah oui, votre cousin c'est ça ? Dites, je n'ai rien compris à votre famille Soizic…

— Moi non plus.

— Ils sont sympas ?

— J'en sais rien je les connais pas très bien, ils sont spéciaux…

— Et votre mère alors vous allez la rencontrer ?

— Je crois pas.

— Vous ne savez toujours pas qui est votre père ?

— Non, mais je m'en fiche un peu je crois.

— Et comment est-elle votre mère physiquement ?

Je ne sais pas quoi lui dire alors je me lève pour aller replacer quelques objets qui n'ont pas besoin d'être replacés sur mon étalage. Je n'ai même jamais eu de photo d'elle, les vieux ont tout caché dans un grenier je suppose.

Par-dessus l'image, le gribouillage ivre beaucoup trop flou que j'avais aperçu derrière le portail, j'ai construit un visage de mère, des vêtements de mère, à peu près comme ça doit se présenter, une maman. Tout ça en fonction de la dégaine des mères de mes copines que j'aimais bien, j'ai fait un collage d'images. Des années que je laisse errer tout ça au milieu des neurones, pour avoir quelque chose à mettre sur les mots « mère », « maman ». Comme un habit.

— Vous m'y voyez vous ici ? dit Zonebbu quand je me rassois. Au milieu de tous ces beaux livres, à parler littérature toute la journée avec des gens passionnants. Ça m'irait bien ça ! Après je pourrais aussi séduire les jolies touristes, je porterais une veste en daim avec plein de poches et des lunettes de lecture accrochées, un vrai bouquiniste, pas comme vous avec votre short et votre pull rose là. Vous portez toujours les mêmes vêtements Soizic. Quand je serai tout seul, les jours d'automne, je me dirai des poésies à moi-même, ce sera mélancolique et beau, ça fera revenir Paris d'avant à la surface, par-dessus les catacombes où elle a dû fuir.

— Et moi je trouve que tout le monde a des fantasmes au sujet des bouquinistes, mais la réalité c'est que parfois je passe mes journées à faire un bel étalage pour des gens qui s'en foutent des livres, ce qu'ils veulent c'est la tour Eiffel et une glace. Puis aussi je me fais agresser par des cinglés dangereux, c'est tout, je pense que vous êtes mieux dans votre fauteuil avec quelqu'un pour vous servir le café sur les plateaux de tournage ou dans des salles de réunions luxueuses.

— Ce que vous pouvez être désagréable !

Silence, il se renfrogne, s'affaisse sur sa chaise.

— Ça va ! Je voulais pas être méchante. Je vous paie un café ?

— Oui de toute façon c'est tout ce que vous pouvez m'offrir, des cafés à 1 euro.

— Peut-être qu'un jour je serai riche !

— Ça m'étonnerait, à moins que vous ne m'épousiez.

Il jette un œil à mes seins.

— Vieux dégueulasse ! Tiens, je vous laisse mon sac, y a la caisse dedans, vous allez pouvoir faire mumuse et jouer à la marchande pendant que je vais au bistrot.

Je passe la bandoulière de la sacoche par-dessus sa tête, il est content mais s'empêche de sourire, je le vois bien. Il me regarde dans les yeux :

— J'aimerais bien vous embrasser, là tout de suite, Soizic.

— Pas ici.

— S'il vous plaît !

— C'est mort, je reviens.

Je m'éloigne et il reste debout à me regarder traverser la route, ma sacoche pendouillant autour de son cou. Catherine le déteste, de loin elle le toise, « Moi je sens les gens, je les sens très bien, j'ai le nez fin » elle m'a dit la première fois qu'elle l'a vu. Elle ne vient plus me voir, elle cherche mon regard et ma permission, je l'évite et ça crée tout au fond de moi une sorte de poids qui parfois revient le soir au moment de dormir.

Je suis étonnée qu'il n'ait pas d'autres choses à faire, Zonebbu, que de passer ses week-ends sur les quais de Seine à poser des questions sur les sentiments des autres et à vouloir de moi les solutions et la vérité absolue du monde. Mais cette vérité, il me la fait tordre jusqu'à ce qu'elle soit d'accord avec lui. Les gens qui squattent les bouquinistes ont quelque chose à l'intérieur qui tourne à l'envers. Zonebbu arrive à quinze heures et j'en ai pour jusqu'à la fermeture, même après. Il ne peut pas rester dix minutes, faire coucou, prendre un café. Je travaille, nous les bouquinistes, nous travaillons.

Je ne veux pas être Baptiste avec ses nuées d'oiseaux, de rires complaisants accrochés à sa chemise et à ses mots, il les aime ses amies, vraiment profondément :

— … Mais parfois j'aimerais simplement m'asseoir sur mon petit tas de livres par terre et lire, Soizic, il me dit en accostant près de moi au bistrot.

— Tu pourrais leur dire.

— Elles ne comprendraient pas.

Certains jours il ne vient pas travailler parce qu'il n'est pas suffisamment seul. Mais tous les autres, eux, ils le sont bien assez.

Je fiche toute mon armoire à vêtements par terre, ça m'intimide d'aller chez le père de Bokné, même si ça me met en joie. J'ose, je quitte mon short et enfile une robe bleue, un énorme collier à fausses pierres roses que j'ai acheté aux puces l'autre jour. Après je passe de la queue-de-cheval au chignon à pince, au chignon sans pince, aux tresses… Puis, comme je suis en retard, je libère mes cheveux qui de toute façon n'étaient disposés à rien de construit.

Je sors en courant pour attraper mon RER et du tabac. En chemin j'achète aussi de grandes tulipes blanches, comme Jacqueline m'a appris pour être toujours bien vue en terre inconnue.

Je vais rencontrer le grand-cousin pour de vrai, lui qui est si proche de ma mère et qui sait qu'elle existe, et de quelle manière elle se meut dans le réel.

Coincée dans les tunnels du RER B, je me demande s'il me parlera d'elle. Est-ce que c'est le genre à déballer les photos de famille que je ne veux pas voir pour me les montrer une par une ? Je lui dirai que ça ne m'intéresse pas. Et d'ailleurs, comment est-elle ? La couleur de ses cheveux ?

de ses yeux ? Gris comme Jacqueline ? Je ne m'en souviens plus.

En dévalant la ruelle de la petite banlieue dans laquelle j'ai atterri, j'essaie de me rassurer en me disant que ça sera une soirée légère en famille, même si je ne les connais pas vraiment. Bokné m'a promis qu'il serait là quand j'arriverais. C'est déjà bien. Je suis la voix du GPS jusqu'à une petite maison d'ouvriers, au fond d'un cul-de-sac.

Elle est encerclée de plantes qui grimpent et s'entortillent, ou tout simplement poussent depuis les fissures de la façade. Les murs sont sales, mais la végétation si libre et abondante qu'on n'y fait pas attention. Ne voyant pas de sonnette, j'entre par le petit portillon rouillé et me fraie un chemin entre les orties, vers l'autre côté de la maison, là où je reconnais la voix de mon cousin.

Il est au téléphone assis à la table du jardin. Quand il me voit, il se tait, quelques secondes passent pendant lesquelles il n'a pas l'air bien du tout. « Je te laisse, je te rappelle demain OK ? » il dit avant de raccrocher, et je trouve qu'il fait vraiment une drôle de tête, je me crispe sur mes fleurs. Il se lève, vient vers moi et m'embrasse.

— Soizic ! T'as mis une belle robe dis donc, on dirait une riche Russe ! Et elles sont cool tes fleurs.

— Tu trouves ? je demande, plus très sûre de moi.

— Mais oui !

Bokné regarde vers la maison avec inquiétude et je ne sais vraiment plus si les tulipes c'est bien, est-ce que j'aurais pas dû prendre du chocolat plutôt ? Garder mon short ?

Un homme sort de la cuisine donnant sur le jardin. Il est chauve, petit et trapu, il me sourit. Ce doit être lui le grand-cousin. Une femme derrière lui passe la tête par-dessus son épaule.

Elle a l'air très emmerdé. Elle dit :

— Oh putain…

Long silence des deux autres pendant qu'elle descend dans le jardin en se tenant à la rambarde du petit escalier. Elle porte une veste en cuir. Plus petite que moi, elle s'approche un peu, mais pas trop, me regarde longtemps, tangue légèrement au bas de l'escalier :

— T'es grande hein ! elle s'exclame.

Je ne lui réponds pas. Elle pue la gnôle, ma mère. J'imprime son image en entier dans mon cerveau. Des lunettes épaisses sur lesquelles il est écrit Dolce & Gabbana semblent vouloir cacher la paupière inférieure où des cernes bleuissent. Son visage s'étire, mince et droit. La peau unie et mate par endroits se plisse. Tout est coupant cassant pointu, comme son corps et comme le mien. Elle se tient de travers parce qu'elle est saoule.

Alors c'est ça ma mère, un blue-jean et une chemise en lin, un chignon défait, une grosse fleur rouge en tissu accrochée de guingois aux cheveux emmêlés.

Je détruis l'image ordonnée que je m'étais fabriquée d'elle, la brûle à regret.

— T'as vu, je suis bien abîmée !

Elle ouvre les bras et tourne sur elle-même avec un sourire faussement fier.

— Ouais, de toute façon je m'attendais pas à quelque chose de très réjouissant.

Ça la fait pas rire du tout et Bokné émet un petit bruit étouffé. Moi non plus je ne rigole pas, mes lèvres tremblent, elles sont incontrôlables. Je vois la colère s'évaporer en vagues au-dessus de Camille Coste, son visage est livide. Le grand-cousin descend les escaliers lui aussi, il n'a pas l'air de savoir quoi faire. Ma mère regarde les fleurs dans mes bras en plissant le nez :

— Elle t'a bien élevée ta mamie, t'as apporté des petites fleurs, c'est chou…

— Bah ouais je suis polie moi.

Ça la fait rire et elle s'étouffe.

— Ah la politesse… c'est bien tout ça, c'est chrétien ! Puis au moins, on est sûr que c'est pas hypocrite. Hein Soizic ? Tu es quelqu'un de bien qu'apporte des jolies fleurs. Tu vas être bien vue par la famille. Hein ma fille ?

Le sang quitte mon visage et puis remonte très vite.

— Tu es complètement bourrée toi hein ! Tu sers vraiment à rien !

Elle se déforme et elle éclate de rire, le grand-cousin pose une main sur son épaule, parle doucement :

— Camille je pense que ce serait mieux que tu rentres chez toi.

— Hein ? Ouais remarque, t'as raison.

Elle se redresse, a l'air d'oublier complètement ce qui vient de se dire, marmonne quelque chose pour elle-même, s'étire, puis, sans un regard pour moi, traverse le jardin à grandes enjambées. On l'entend jurer dans les orties, se cogner contre le portillon, après, plus rien.

Je me perce de plein d'aiguilles, celles que tous les autres portent aussi sur eux, elles menacent toujours de s'enfoncer quelque part.

Je serre le bouquet de tulipes contre moi sans vraiment m'en apercevoir, les fleurs frôlent mes joues, elles sont froides, plastifiées. Moi aussi je suis du plastique, avec mon visage qui s'empêche de bouger quand Bokné me retire le bouquet des mains et me fait asseoir.

Il invente une petite blague qui fait « ploc » dans le silence en sortant de sa bouche, nous la regardons s'envoler dans le jardin.

Le grand-cousin s'installe à côté de moi et me sert une tasse de café, ensuite il roule un gros joint.

On reste assis entre les roses trémières et les ronces, ça sent l'été. Les tulipes se balancent doucement dans leur vase.

Le père de Bokné a soixante ans, il est très beau, il a une barbe de trois jours, un visage bien lisse, des rides là où il a dû rire et pleurer et s'emporter.

— Je suis désolé cousinette c'est de ma faute, il dit après m'avoir passé le joint, j'ai eu le malheur de lui dire que tu venais.

— Elle l'a fait exprès ?

Il hausse les épaules et rit :

— Elle m'a soutenu mordicus que non… mais bon.

— Je comprends pas comment elle peut diriger la cuisine d'un ministère dans cet état… ça ne fait pas sens dans mon esprit.

— Elle est pas toujours saoule comme ça non plus… Tu sais Soizic, elle ne le dit pas mais il est possible que maintenant que tu es à Paris, loin des vieux, elle cherche à raccrocher les wagons.

— Elle s'en fiche complètement ouais !

À vingt-deux heures à peine je suis chez moi. Elle est venue se moquer de moi, me faire un pied de nez, me montrer bien en face qu'elle ne m'aime pas. Je la revois s'en aller, avec sa bouche tordue. J'ai le sommeil lourd. Un trou noir qui aspire tout, même la fine pellicule qui sépare l'univers de ce qu'on ne peut pas concevoir.

Bokné m'a appelée trois fois aujourd'hui, j'aurais dû être sur les quais. Me suis pas levée. Je pense qu'il veut me parler aussi de ce dîner raté. Mais moi je n'y tiens pas.

Deux jours sans sortir. À faire des nouilles chinoises dans un bouillon de légumes. À les recouvrir d'huile d'olive, c'est tout ce qu'il me reste. Vidée, épluchée, désossée. Bonne à dormir, à manger, à digérer. J'écoute mon organisme qui s'affaire à traiter les aliments et à respirer. Je sais que je suis simplement sous le choc.

Je passe mes heures à lire. Des livres qui m'emmènent ailleurs, des mondes qui n'existent pas, ou pas encore. *La Fin des temps* de Murakami, le cycle d'*Hypérion* qui traînait depuis le début de l'été entre les boîtes, mon sac à dos et mon lit parce que je ne parvenais plus à lire. Il a un peu pris l'eau, s'est corné sous mon Tupperware, et puis j'ai dû marcher dessus par inadvertance, il n'est pas beau à voir. Mais je m'enferme dedans et n'en sors plus, ça m'empêche de me poser des questions, de tourner en rond. Quatre tomes, c'est bien.

J'attends que ça passe.

*

Je voudrais que quelqu'un me dise quelque chose ce matin, alors je descends à la réception. Je reste là devant la table de camping, humant bêtement l'odeur de menthe en attendant que Milena relève la tête. Comme je ne sais pas quoi dire je lui souris et demande si j'ai du courrier. Elle fait non de la tête et replonge dans ses papiers administratifs. Je sors.

Mais dehors je ne sais pas quoi faire alors je marche dans la rue et regarde l'heure sur mon portable, je fais mine d'aller chez Franprix. En comptant les minutes.

Toutes les fois où j'avais fabriqué le moment des retrouvailles, en plein de versions projetées sur mon écran intérieur, s'avèrent être parfaitement opposées à la réalité. Les gens ne se jettent pas dans vos bras après d'atroces abandons, ils sont simplement ivres à vous regarder quelques instants. Ils sont à l'aise avec eux-mêmes. Est-ce que tous les Coste ont un problème avec l'alcool ?

Je dépasse le Franprix et m'en éloigne un peu, en me demandant si sept minutes c'est plausible quand on fait semblant d'aller faire des courses, est-ce que sept minutes c'est suffisant pour la balade dans les rayons, la recherche des pois chiches, le passage à la caisse ? Je fais demi-tour, reviens les mains vides, c'est idiot, elle va bien voir, elle va comprendre que je suis sortie pour rien. Je monte rapidement vers ma chambre. Milena à la menthe ne m'a même pas vue, elle me méprise.

Elle a raison, je ne fais rien, je vis à l'hôtel. Je me

débrouille et c'est tout. Je n'ai pas de stratégie pour l'avenir. Je ne sais pas dans quelle peau je veux être. Je ne suis pas un guépard, je ne suis pas un loup, je ne suis pas Gargantua. Je suis une limace, un diplodocus. Je mâche les feuilles très lentement, j'avale les feuilles, je mâche d'autres feuilles. Et j'attends que quelque chose m'arrive ou que quelqu'un vienne me manger.

J'ai faim, j'aurais dû faire des courses pour de vrai.

À un moment ça commence à piquer aux environs de la cage thoracique, ça me gêne, mauvaise posture, je me rallonge.

Mais c'est toujours là, j'attends un peu en m'étirant, ça augmente, alors je me redresse. C'est rien.

Enfin quand même ça tire, c'est douloureux quand j'inspire. Je réfléchis, à l'intérieur il y a quoi ? Le cœur et les poumons, non mais ça va passer.

Cette douleur maintenant que j'y pense, elle envahit le côté gauche, c'est à gauche le cœur. Je réalise que je suis vraiment complètement seule ici, personne ne m'attend. S'il m'arrivait quelque chose, c'est Aziz ou mon voisin qui s'en rendraient compte au bout de quelques jours. Mais bon je me connais, je sais que je dramatise, c'est rien. Juste des petites douleurs mécaniques, c'est complexe le corps humain, tout le monde sait ça.

J'ai chaud, je transpire, je veux dormir.

Ça me brûle à l'intérieur.

Sept heures le lendemain matin, j'ai encore un peu mal aux côtes et au plexus. J'ai regardé sur Internet, ils disent angoisse, dans les forums, tout du long des articles, jusque dans les commentaires. Angoisse angoisse angoisse.

J'hésite à aller sur les quais.

Je reçois un appel de ma grand-mère.

— Ça va ?

Je ne réponds pas.

— … J'ai eu le grand-cousin au téléphone…

— Ah ! Je croyais que tu n'avais pas son numéro !

Silence, elle cogite à l'autre bout du fil, puis elle dit :

— Paraît que t'as croisé ta mère, c'était comment ?

— Pourquoi tu demandes ? Je suppose que le cousin t'a déjà raconté non ?

— Je suis désolée Soizic, on est désolés avec J-C.

— Ouais on est désolés que ça se soit passé comme ça, dit mon grand-père dans le fond.

Je les vois très bien, tous les deux dans leurs fauteuils respectifs, penchés vers le téléphone posé au milieu sur le guéridon, haut-parleur activé.

— Et, Soizic, est-ce que par hasard tu utiliserais pas mes codes Netflix ?

— Jacqueline ! c'est pas le moment de lui parler de ça… dit Jean-Claude.

— Parce qu'ils me disent régulièrement qu'il y a quelqu'un d'autre qui regarde des trucs et je peux pas accéder à mon compte…

Je la coupe.

— Franchement je m'en fiche de tes histoires de Netflix, je comprends même pas de quoi tu me parles.

Silence.

— C’est bien d’être bouquiniste alors ? demande mon grand-père au bout d’un moment.

— Faites pas semblant de vous intéresser à ce que je fais.

— Soizic…

— Ça va les vieux, vous prenez pas la tête, je sais que vous vous forcez, puis j’ai un rendez-vous.

Ils se taisent quelques secondes.

— Elle était comment alors ?

— Ma mère ? Comme sa mère, bourrée, centrée sur elle-même et mal sapée !

Grognement offusqué de ma grand-mère à l’autre bout du fil.

Jean-Claude ne veut pas que ça dégénère encore, il demande si mon hôtel est bien, je ris.

— L’hôtel ? Bah écoute, c’est un hôtel tout ce qu’il y a de plus cossu. Je crois que je vais vous laisser je vais être en retard.

— Ah… on se rappelle alors…

Je raccroche.

Après j’ai les crocs, finis par trouver un paquet de salade Iceberg, l’éventre.

L’homme en jaune de la série demande : « *Where is Jessica Hyde ?* », il a une très belle voix. J’avale le paquet pendant qu’ils tuent plein de gens à l’aide d’une bonbonne de gaz, lui et son pote en bleu.

Chez moi je ne tiens plus c’est trop petit et partout dans l’air il y a de l’eau comme sur les murs des toilettes. Je décide d’aller voir Bokné sur les quais, pour qu’il me donne des jours de travail. Avec mes absences tout est embrouillé. La crise remonte et j'ai du mal à respirer, avant de sortir je bois le fond de vodka qu'il me reste. Pendant que je me lave les dents je sens que ça redescend tout doucement, je récupère un état, une forme à peu près normale.

Catherine attend devant ses boîtes avec son gros sac à dos rose. Autour il n'y a personne, ni cousin ni voisins, elle n'a pas l'air bien du tout.

— Mais pourquoi je peux jamais te joindre ?! elle s'écrie quand j'arrive. Ça fait des jours que je viens et qu'il n'y a personne, ils sont où tous les autres ? Tu étais où ?

— Il est pas venu Bokné ?

— Non ! Les gens ils se foutent de tout et de tout le monde, les gens ils s'intéressent rien qu'à leur nombril et moi je suis toute seule dans la ville, et mes enfants ils sont loin, ils sont tous partis.

Je vois bien qu'elle est prête à pleurer quand je récupère ses clefs et ouvre ses boîtes avec une facilité déconcertante. « J'arrive même plus à ramener des livres » elle dit dans mon dos. C'est vrai qu'il y a plein d'espaces vides, de trous béants, de morceaux d'étagères inhabités, à part *Le Petit Prince* et *Harry Potter*, toujours aussi douteusement flambant neufs. Certains livres ont été jetés là sur les autres, par elle ou par un client négligent. Les clients font souvent ça, ils prennent un livre, lisent la quatrième de couverture, ça ne leur plaît pas, ils le jettent, le laissent tomber sur les autres, s'en vont. Moi je les vois bien, quand je raconte ça on me dit « Non ! C'est pas possible ! Abusé ! ». En groupe, tout le monde est toujours d'accord pour dire que les comportements scandaleux sont scandaleux. C'est comme voler un bouquiniste, ils disent tous : « Quelle horreur ! » Alors que ça nous arrive tout le temps. Les gens qui volent des livres se promènent seuls, ils font ça quand personne ne les voit.

— Je suis là. Je lui dis en rangeant un peu ses livres, pour que ça ressemble à quelque chose.

— Mais les autres jours t'étais où ?

— J'étais malade, il faisait moche.

— Pourquoi ça marche pas quand je t'appelle ?

J'ouvre et je déplie mon étalage, je ne pense à rien, j'ai mal. Sans le contrôle d'un tiers ou du groupe, tout le monde jette les livres des bouquinistes et tout le monde bloque le numéro de téléphone des vieilles dames encombrantes et isolées. Monstres. Elle est tout emmitouflée sur son tabouret, de guingois. Je lui apporte ma chaise : « Tiens ».

— T'es sûre ? elle demande en s'asseyant dessus immédiatement, elle dit « t'es sûre » juste pour la forme.

— Maintenant ce sera comme ça tout le temps je dis.

— Merci !

Et elle se vautre tout à fait sur la grosse chaise en bois, c'est vrai qu'elle est confortable.

Je m'assois près d'elle sur son tabouret et essaie de lire pendant qu'elle fait des mots croisés, on ne se parle pas, mais petit à petit je sens qu'elle se calme. Quand ma respiration se coince à nouveau je vais chercher une bière dans le « wagon-bar » de mon cousin, puis une autre, encore une autre. Je vais acheter un jus d'ananas pour Catherine et une pinte au bar pour moi. Elle ne fait pas attention, elle n'est pas seule, elle se moque de tout. Sauf des mots croisés. Je termine *Hypérion* à côté d'elle, ne regardant plus les clients, je les laisse venir à moi sans dire bonjour, je n'ai pas vraiment la force. Je me fiche à peu près qu'on me vole des choses. À l'état du réassort je vois que mon cousin n'a pas ouvert derrière moi, ça veut dire que depuis deux semaines il n'a rien fait. La marchandise s'épuise. Je vends quelques tours Eiffel, un Yourcenar à 5 euros, NRF. Catherine, rien du tout. C'est dû à la pauvreté des cerveaux, à la pauvreté tout court, à la grande mutilation de l'imaginaire, au dégoût des livres imposés par les profs de français et les parents stupides à leurs enfants. Le livre est compliqué, le livre est ennuyeux, le livre est élitiste, le livre est fait par des intellos méprisants, le livre ne m'aime pas, c'est un objet qui est fait pour ceux qui m'exploitent, le livre est trop difficile à lire, je ne veux pas l'ouvrir, on m'a toujours bien fait comprendre que le livre n'avait pas été écrit pour les gens comme moi. Je suis trop bête pour le livre. Les écrivains sont un amas d'*inside jokes* destinées à l'élite. Et puis d'abord les livres qu'on m'a obligé à lire à l'école, ils étaient chiants, ils ne me parlaient pas de moi, ils avaient un langage qui fermait la porte au nez du mien. L'élitisme. Qui a tué Jack London ?

À quinze heures, je vois Zonebbu, ses converses, ses sourcils en circonflexe.

Il est chez lui maintenant, il connaît la maison, il fait toujours les mêmes gestes. Pose sa sacoche dans la première boîte, retire le petit tabouret de sous la table à souvenirs et le déplie, s'y installe. Je suis ivre, j'essaie de me tenir, je ne veux pas qu'il s'en aperçoive, m'assois légèrement de biais sur le muret pour ne pas perdre de vue mon étalage. Il me demande comment ça va et je réponds « Très mal ».

Zonebbu écoute les yeux dans le vague, il est vraiment désolé pour moi, tout son visage et son regard sont désolés. Mais mon histoire fait flop. Elle a l'air bien moins terrible et importante que dans mon cœur. C'est que je ne sais pas préparer des effets dramatiques, faire des pauses et créer de l'attente comme il fait toujours. Ça réduit mon temps de parole. Zonebbu semble s'appliquer pour savoir ce qu'il va répondre, il cherche ses mots, se lance :

— Soizic, je suis désolé de vous dire ça, mais il me semble que vous sentez un peu la bière.

— Ah.

— Enfin je crois que vous êtes légèrement ivre.

— D'accord, je réponds.

Et je ne peux rien dire de plus parce que j'ai honte, je me sens un peu chose.

— Il faut que vous mangiez quelque chose, dit Zonebbu.

— Non j'ai trop mangé.

— Bon. Écoutez je suis pas certain que vous soyez dans le bon état pour travailler ma chère. Vous fermez et je vous emmène aux Tuileries, qu'est-ce que vous en dites ?

— Je sais pas…

— Le bon air de la pelouse vous fera du bien, il sourit.

Je dis encore d'accord et je ferme. Ça paraît interminable de ranger tous ces livres l'un après l'autre, je n'avais jamais réalisé ça. Zonebbu trépigne, il veut y aller tout de suite. Il dit qu'il veut me voir dans l'herbe, que j'y serai mieux qu'ici devant les voitures. Moi je ne suis pas dupe, je range les cartes postales et je sais que c'est bien à lui que ça fait plaisir d'aller aux Tuileries. Que j'aille mal n'est pas la question. J'ai compris ça, c'est autre chose : si tu vas mal et que ton pote a envie de boire un coup, il profite de ton mal-être pour s'en coller une avec toi, ça lui fait un prétexte pour dire après : « J'ai cassé mon téléphone, j'ai vomi dans le Uber à quatre heures, j'étais en retard à mon CDI dans un bureau, mais que veux-tu, Soizic allait vraiment mal, elle avait besoin de moi. »

Zonebbu veut s'allonger dans l'herbe, c'est très bien.

J'embrasse Catherine avant de partir, lui promets que je serai là dans deux jours. C'est la première fois qu'on se fait la bise. Ça veut dire quelque chose.

J'ai oublié de reprendre ma chaise. J'ai oublié de l'aider à fermer. Elle demandera au bistrot.

Jardin des Tuileries. Zonebbu trouve toute cette histoire vraiment terrible. Sa mère à lui non plus n'est pas bien. Il est très difficile selon lui de se construire avec une mère défectueuse. Il se demande si, au final, ce n'est pas mieux d'avoir une mère absente plutôt qu'une mère-araignée, dévoreuse d'hommes et de petits garçons comme la sienne. C'est tout le problème, la mère, il tient sa destruction, son âme tordue, des erreurs de La Mère. Au commencement, elle a crevé sa tête comme un gruyère. Voilà. Quelle horreur.

Il pense que ma situation à moi est peut-être préférable à la sienne. Il me conseille de toujours garder en tête que dans mon malheur, quelque part, j'ai une chance que quelqu'un d'autre n'a pas.

Et je murmure que je vais mal.

— Mais vous Soizic, c'est sûr vous ferez une merveilleuse mère.

— Je n'ai jamais dit que je voulais des enfants, je m'agace.

— Vous dites ça maintenant, vous êtes jeune, mais vous verrez, c'est dans le sens de la nature, vous aurez des enfants et ils seront très beaux comme vous.

Silence, je le fixe d'un regard noir.

— Quoi ?

J'arrache de l'herbe par terre et la lui jette à la figure.

— Mais qu'est-ce que vous faites ?!

— Vous êtes grossier ! J'arrache encore de la pelouse et de la terre, que je lui lance. Vous êtes horrible ! je crie. Un vrai con !

— Calmez-vous enfin !!

Il me tient les deux poignets les yeux exorbités et il fait « chut », jette un bref coup d'œil autour de lui. Je suis furieuse, coincée, je gesticule.

— Soizic ! il lâche haletant. Vous êtes mon amie, je vous aime et ça ne changera jamais, est-ce que vous comprenez bordel ?!

— Vous ne parlez que de vous-même !

— Je ne sais pas faire autrement !

— Vous êtes un enfant gâté.

— Et vous vous êtes une petite bourgeoise de province !

Il me lâche.

Un quinquagénaire aux allures d'homme d'affaires nous observe les yeux écarquillés, il a dans la main une petite balle rose, son chien fait des bonds autour de lui. On ne veut pas savoir ce qu'il pense.

Mon alcool est redescendu d'un coup, on ne sait plus quoi se dire. La joie qu'éprouvait Zonebbu à être allongé dans l'herbe a été complètement anéantie. Il retire un peu de terre et une brindille de l'intérieur de son col.

— Bon, il finit par dire, il faut que j'y aille, j'ai un rendez-vous.

— Je ne veux pas être seule.

— Il faut que vous vous reposiez.

On se quitte au métro, à Louvre-Rivoli. Il m'embrasse vaguement et me laisse en haut des escaliers. Je suis affreuse et ridicule, je suis vide comme un paysage vide, je suis un objet qu'on n'a réussi à ranger nulle part, un tiroir qui ne rentre pas dans le meuble.

C'est le jour. C'est aujourd'hui qu'il faut payer l'hôtel. Dans ma chambre je vide l'enveloppe à billets et compte. C'est que j'ai régulièrement pioché dedans pour acheter des bières, faire les courses… les puces.

Il manque 190 euros, c'est moins que ce que je pensais mais tout de même, j'ai du mal à respirer, le site de ma banque indique qu'il me reste 10 euros de solde.

En deux ou trois jours sur les quais je pourrais les avoir, en plus on est jeudi, ça sera le week-end. Mon cousin n'y va toujours pas. Je me prépare un fond de caisse, me faufile à la réception, le vieux Louis me dit bonjour l'air jovial, avec un peu de chance ils vont m'oublier. Ils ont beaucoup de pensionnaires.

Mais quand j'ouvre les boîtes, je me rends compte qu'il commence à manquer des choses. Sur la table à souvenirs, j'essaie de faire joliment des petits carrés d'objets. La tour Eiffel rose à strass, si exceptionnellement attractive, est épuisée, il ne reste que trois marque-pages en forme de chat, invendables, quand les souvenirs ne sont pas en quantité suffisante ils ne font plus envie à personne, ils deviennent suspects. Je vide dans le petit saladier en osier le fond du dernier sachet de porte-clefs, mais après je m'aperçois qu'ils sont tous cassés. C'était le sachet à porte-clefs cassés. À rendre au Chinois.

À la fin, la table à souvenirs est à moitié vide et je mets dessus *Alice au pays des merveilles* et les *Contes* d'Andersen, édition Jean de Bonnot, *Gaston Lagaffe.* Ça ne veut plus rien dire, je voudrais bien demander leur avis aux autres mais aujourd'hui, je n'ai pas de voisins. Ça ne tient pas debout, *La Reine des neiges* d'Andersen d'un côté, *La Reine des neiges* au cinéma de l'autre… La table est devenue une forme libre. Moi aussi.

Il n'a pas rentré de marchandise comme il avait dit qu'il le ferait. Je suis restée chez moi pour rien ces deux derniers jours à tourner en rond alors que j'aurais pu venir. J'aurais eu de l'argent pour l'hôtel, mais ça, Bokné, il ne le sait pas.

Sans les deux trois souvenirs vendus en bonne quantité, je perds une partie du chiffre et je sais que je n'aurai jamais 190 euros en deux ouvertures, mais plutôt en quatre. À moins que je ne prenne directement dans la caisse. Et ensuite j'amortirai en quelques jours, Bokné ne s'en apercevra pas. Moi je serai à l'heure, je paierai rubis sur l'ongle, ce soir même, mon loyer. Dans la boîte en fer, 430 euros. Il n'y verra rien, c'est pas honnête du tout, mais c'est juste un emprunt comme ça. Je m'arrange tout à fait avec moi-même. On m'a dit de jamais faire ça, mes voisins, Bokné, mais c'est rien qu'une petite fois, je rembourserai très vite. Je suis légère, presque.

Une heure après je le vois qui arrive, il est monté sur un beau et large vélo rouge, aussi rouge que son visage rayonnant.

— Ça va ma cousine ? il dit en calant le vélo contre les boîtes fermées de Baptiste. T'as dérouillé ?

— Dix euros.

— Nul.

— T'as pas rapporté de souvenirs Bokné, il manque tous les modèles qui se vendent !

— Ouais je sais, je suis désolé, il dit l'air embarrassé, c'est que je me suis mis à sec un peu…

— Pourquoi t'es pas venu ouvrir alors ?

— J'essaie des nouveaux trucs, et puis j'ai rencontré une fille, je la vois ce soir, mais je vais m'y remettre, c'est que ça fait drôle d'avoir quelqu'un qui me remplace et tout.

— Et je fais comment si y a rien à vendre ?

— T'es gonflée de me faire des reproches ! Genre déjà t'arrives, tu te tapes l'incruste aux boîtes alors que j'ai prévu d'embaucher personne, tu me dis que c'est temporaire alors que je vois bien que t'as pas l'intention de partir. Merde, t'es mignonne hein !

— Tu veux que je m'en aille ?

— J'ai pas dit ça !

— Si, un peu, je vois très bien, je sais très bien que je suis en trop, alors si ça vous fait vraiment chier, si ma présence est vraiment trop insupportable pour vous, y a qu'à me le dire !

— Qui ça, « vous » ?

Je m'éloigne, je sais plus quoi faire de moi, est-ce que je dois lui rendre ma sacoche, mes clefs et partir ? Je ne peux pas. Je sors la cellophane pour couvrir des livres.

Il s'adosse à côté de moi et m'observe, il reste un peu sur son portable et au bout d'un moment il dit :

— Écoute je sais pas trop comment te parler de ça mais je voulais te dire que je suis désolé pour la façon dont ça s'est passé avec ta mère…

— Je m'en fous d'elle.

— Arrête de te cacher je vois bien, t'as une sale gueule, tu l'as mal vécu.

— Non.

— Elle a rappelé mon père, elle voulait savoir où t'habites, elle voulait ton numéro, et du coup je me suis senti con parce que je sais même pas où tu crèches, je t'ai jamais demandé.

— Qu'est-ce que ça peut vous foutre à tous ?

Silence.

— Je lui ai donné ton numéro quand même, il dit.

— Merde.

— Je suis désolé Soizic, j'aurais pas dû réagir comme ça, je suis con, en vrai je suis super content que tu sois là, je t'aime vraiment beaucoup.

Je ne réponds rien.

— Allez ! il me tape dans l'épaule, la semaine prochaine t'auras tout ce qu'il te faut en marchandise c'est promis ! T'es une super ouvre-boîtes, et moi j'ai le temps pour la première fois depuis des lustres de faire autre chose.

Il reste là à me regarder couvrir, il veut se rattraper en faisant des flatteries sur comment j'applique bien le scotch sans laisser d'air, il dit bêtement qu'il est impressionné par la vitesse à laquelle j'apprends le métier, mais moi, les compliments, je ne me laisse pas avoir, je grommelle et je ne dis rien. J'ai hâte qu'il s'en aille, je sais même plus quoi faire avec mon histoire de caisse, mes 190 euros.

— Il reste pas de bières ? il dit en ouvrant le wagon-bar.

— Non j'ai tout bu.

— Bon, tu sais quoi ? elle sert à rien cette journée, y a personne et on se fait chier, on ferme et je t'emmène en balade.

— Pour faire quoi ?

— Ben se balader !

— J'ai pas envie.

— Et moi je dis que si, c'est moi le patron, on ferme et tu me suis dans la ville !

Sans attendre il commence à tout ranger, et je suis bien obligée de le suivre. Je pense à l'argent, je dois trouver un moment pour le prendre, un moment discret.

Et puis je le vois faire. Ouvrir la boîte en métal et y prendre l'intégralité du liquide avec une tête d'« on va se payer du bon temps ». Il agite les billets dans ma direction, j'ai un sourire tout écrasé, je suis parcourue d'un frisson.

On fait une promenade dans le Marais, moi qui pédale et Bokné derrière, puis l'inverse. J'ai du mal à éviter les touristes qui recouvrent les rues alors je fais beaucoup marcher la sonnette, ils m'évitent en sautillant avec leurs sandwichs et leurs sacs de courses des beaux magasins. Il est vraiment très bien son vélo. Quand je lui pose la question il me raconte qu'il l'a trouvé dans la rue, je dis ouais, les gens laissent de beaux vélos rouges en libre-service sur le trottoir. Mon cousin se défend, l'antivol était mal attaché, je ris.

Je le suis dans les magasins, Bokné dit que je suis toujours habillée pareil, il m'emmène chez Kilo Shop et je fais la tête dans la foule et entre les rayons. Lui il est content, il entasse des vêtements dans ses bras et il me les fait tous essayer. Je rigole enfin. Jusqu'à la salopette qui m'éblouit. Elle est en toile épaisse, d'un bleu franc comme j'aime, tient parfaitement la taille et retombe en largeur et longueur, mi-rigide mi-souple. Bokné dit waouh, mais moi j'ai même plus d'argent, alors il me l'achète avec les sous de la caisse que je destinais au loyer, je refuse d'y penser, l'argent après tout, ça va, ça vient. Je sors avec du magasin, je flotte comme un oiseau sur un vent tiède.

On va lui acheter des boxers super doux en fibre de bambou parce que, selon lui, y a que ça de vrai et il a rendez-vous avec LA fille, ce soir c'est le grand soir. Il passe un temps fou à choisir et je m'ennuie un peu, il me demande mon avis sur tous les caleçons mais moi j'en sais rien. Il est angoissé parce qu'il n'a plus rien à se mettre comme sous-vêtements. Elle l'intimide beaucoup. On s'installe en terrasse et il me raconte tout, comment elle marche et comment elle parle, sa façon de soupirer, de bouger ses mains, de commenter les philosophes, il en a même fait des poèmes qu'elle ne lira jamais parce que lui, il est trop petit, il est trop bête pour elle.

Il ne me parle plus de ma mère et doucement je me détends, je sens qu'il a compris qu'il ne faut pas. Je l'écoute, je suis heureuse dans ma salopette, je lui fais des tas d'encouragements. Dans son caleçon en fibre de bambou, il en aura de l'allure, il va tout déchirer. Bokné demande si j'ai quelqu'un et je réponds que je ne sais pas, je repense à Zonebbu et je ne sens rien dans mon cœur, sinon le vague sentiment de m'être humiliée en lui jetant la pelouse des Tuileries à la figure, mais ça passe vite. Mon cousin a l'air amoureux, est-ce que ça lui arrive souvent ?

Le vieux Louis et Milena sont installés devant le gros registre, Louis m'arrête, il m'a grillée :

— C'était hier qu'il fallait payer le loyer mon petit !

— Ah merde ! Je me fige sur le carrelage.

— Il me le faut tout de suite, il dit, et une lueur de méfiance passe dans son regard.

— J'ai 310 euros plus 50 que j'ai gagnés aujourd'hui, je vous apporte le reste demain…

Le visage s'effiloche, il se contracte :

— C'est pas correct, on vous avait donné la date c'était très clair.

— Je sais je suis désolée, cette fois je l'ai pas vue venir…

— Je prends le loyer en entier maintenant ou j'encaisse la caution.

— Alors je vais tirer des sous, je réponds, et je vais pour m'éloigner vers la sortie.

— Par contre il faut me laisser vos clefs !

— Quoi ? Non !

— C'est comme ça que ça fonctionne fillette, si t'as pas les sous on prend les clefs.

— Non, je répète. Je peux vous donner autre chose, je veux pas qu'on fouille dans ma chambre.

— On ne ferait jamais ça enfin !

— Je ne vous donnerai pas mes clefs, je vais chercher l'argent tout de suite au distributeur et je reviens.

— Et comment je vous fais confiance moi ?!

— C'est déconnant votre truc ! je m'énerve. Vous avez ma caution et toutes mes affaires de toute façon ! Je vous laisse ma carte d'identité si vous voulez.

— Non ! Aziz !! il crie.

— Avec mon portable !

Il me regarde longuement, consulte sa femme du regard et elle hoche la tête, ses yeux inquisiteurs fixés sur moi, pour une fois elle me regarde.

— Vous revenez tout de suite ? demande Louis.

— Oui !

Je cours dans la rue en priant le grand rien du tout, le big-bang et le cosmos dans son ensemble. Il y a la queue à la banque, je ne suis vraiment pas certaine de pouvoir retirer la somme. D'un coup je suis lucide. Claire. D'esprit limpide.

Donner mes clefs, parano comme je suis, jamais de la vie. Pour que le distributeur de sardines aille renifler mes affaires… ou qu'ils s'aperçoivent de ce que j'ai fait à leur télévision.

L'argent sort de la machine sans se faire prier. C'est très bien.

Louis, Milena et Aziz attendent, tous les trois debout à l'entrée : « Voilà », je leur mets l'argent dans les mains. Milena sort de la pièce sans me regarder.

— Faut pas que ça se reproduise hein fillette, dit Louis, avec une grosse voix, pour impressionner.

— Je serai à l'heure la prochaine fois.

— J'espère bien.

Après m'avoir dévisagée longuement, Aziz me rend ma carte d'identité et mon téléphone que je remets dans ma poche.

— La prochaine fois c'est les clefs ! C'est une maison propre ici !

Je repars à toute vitesse vers le métro.

Quand je suis installée dans un carré de sièges, je ne sais pas où je vais, je ne voulais plus rester à l'hôtel, je m'aperçois que le fond d'écran de mon téléphone a changé. La photo de Björk hurlant dans les bras d'un ours polaire a été remplacée par la photographie d'un post-it sur lequel il est écrit : « Es-tu bien certaine de ne pas vouloir boire un verre avec moi ? Désolé pour le vieux et son caractère difficile. »

Ce type, gourd et vulgaire, trapu et sportif, cheveux ras comme le poil des chiens saucissons, moi j'aime les grands, les filiformes, les raffinés, les élégants et fragiles. Pas les tronches au nez rond, aux yeux rapprochés, pas les intrusifs et les insistants.

Je cherche dans les paramètres comment m'y prendre pour installer un mot de passe autre que « oooooo » sur l'écran d'accueil de l'iPhone.

Je descends à Château d'Eau, c'est comme Château Rouge. Avec beaucoup de magasins de perruques.

J'ignorais que les gens portaient des perruques aussi souvent, je ne m'étais pas rendu compte. Je m'enfonce dans les petites rues. En passant sous un grand porche, je tombe sur un passage pavé, rempli de bars. Des terrasses noires de monde, serrées les unes contre les autres. Je m'installe sur le coin d'un banc, une toute petite place en bout de table. Partout on rigole et on s'exclame. Je commande un pichet de rouge. 50 cl. Téléphone à Bokné.

En face, un homme est allongé par terre, le haut du corps posé de travers sur une marche. Il dort de côté, ses poings serrés tout près du visage, si bien que, de loin, on pourrait penser qu'il suce son pouce. Autour de lui les gens passent, se retrouvent, s'embrassent.

Bokné revoit la fille, il est super content, Alice elle s'appelle, je suis un peu déçue qu'il ne puisse pas me rejoindre. Il espère que ça va marcher, il a vraiment flashé. Il me racontera. Je ne sais pas ce que ça veut dire « flasher », c'est probablement ce qui est arrivé à Aziz concernant ma personne.

J'avale mon pichet, puis un deuxième, puis un troisième, j'en partage un quatrième avec mes voisins de table qui travaillent dans le marketing, ils m'expliquent ce qu'ils font mais je ne comprends pas vraiment. Je suis trop loin et ce n'est pas très concret, mais apparemment c'est bien. Le patron de l'entreprise est vraiment sympa, il est jeune, il est assis à côté de moi, il me paie des coups et m'achète des frites. « Faut que tu éponges un peu », il dit. Ils ont tous à peu près trente ans. Quand ils partent il est vingt-trois heures et j'ai du mal à articuler « au revoir », on me conseille gentiment de ne pas trop tarder à rentrer chez moi parce que j'ai l'air fatiguée. Je n'articule plus rien du tout.

Je suis dans le métro et les stations sont si longues à s'en aller les unes derrière les autres. Je regarde droit devant moi, je me force à ne pas me précipiter hors du train quand il s'arrête. Je me dis que j'y suis presque. Une dame me demande si ça va. Ça va mademoiselle, oui ça va.

Je n'ai plus aucune idée de l'heure quand je mets mes pieds troubles à la réception. Je sens le trottoir, puis quelque chose de plus lisse après avoir bien levé le talon vers la marche. Il y a le poids de mon buste sur les jambes, comme si j'étais empalée sur des échasses.

Après je suis par terre, j'ai une vague impression de bascule qui me rive aux belles rosaces du carrelage. Il accueille fraîchement ma joue et mes avant-bras, je reste là, c'est agréable.

On m'attrape par le dessous des bras et je suis arrachée du sol vers le visage aux sourcils froncés d'Aziz. Je veux dormir.

« Je veux dormir » je dis. Et je m'écroule.

Le soleil entre par la fenêtre à côté de moi et il se plaque sur mes épaules entre les nuages. Je ne sais pas où je suis. J'ai très soif. Je sens un vague reflux de vomi quand j'avale ma salive. Dehors, le bruit familier de la vaisselle de l'hôtel, mais plus proche que d'habitude. Je ne sais pas où est passé mon T-shirt.

Je reste lourde et vautrée, j'étudie les meubles en bois sombre de la chambre. Un écran plat, un petit plateau avec une jolie boîte dessus, des feuilles blunt, des ciseaux en argent ouvragés, un briquet. Des livres groupés sur une étagère, de là où je suis je vois le journal de Tarkovski, le *Ciné-journal* de Jonas Mekas, *Guerre et paix*, *Walden* de Thoreau et *Vernon Subutex*. Aussi, dans un coin, une manette de jeu vidéo cassée. Je ricane dans mes vapes.

Le lit est profond et bas, je m'y réfugie sur le ventre. Au bout d'un moment quelqu'un entre et je me redresse enroulée dans la couette.

Aziz est sur le pas de la porte, tenant une bouteille d'eau et mon T-shirt.

— Tu as vomi dessus je l'ai lavé, il dit en le posant sur le lit.

— J'ai vomi sur tes affaires aussi ?

— Ça va…

— Je suis désolée.

Il me regarde, me tend la bouteille d'eau, je bois tout d'une traite, ça fait un long moment silencieux.

— J'ai pas réussi à te monter jusqu'au cinquième, il dit.

— Tu m'étonnes.

Et ça le fait rire.

Il m'assure qu'il a dormi dans le fauteuil à côté, pas avec moi dans le lit, je le regarde sans répondre, vaseuse, il s'emmêle, ce n'était pas parce qu'il n'aurait pas voulu dormir avec moi, ni à cause du vomi, je fronce les sourcils, il rougit.

J'attrape mon T-shirt sur le lit et le remets, il se cache les yeux et j'ai un petit rire moqueur. Les chichis.

Après il y a ce moment où je cherche mes chaussures et mon sac, lui il ne sait pas trop où se mettre. Je me lève et m'avance vers la sortie, il ne bouge pas de devant la porte et me toise depuis ses deux centimètres de moins que moi. Avec ses sourcils, je ne comprends rien à ce qu'il pense. Il me barre un peu la route, épais comme il est. Moi j'avance droit sur lui pour qu'il bouge, alors il ne sait plus quoi faire ni où se mettre, hésite un peu, reste à sa place :

— Mais quand même c'était un peu risqué hier.

— De quoi ? je demande.

— Tu aurais pu tomber dans la rue, il aurait pu t'arriver des trucs…

— Ouais.

— T'as pas l'air bien en ce moment Soizic.

— Ça va.

— Je te dis ça parce que je t'observe.

— Oui je sais.

Il rougit encore, silence.

— Tu ne veux pas quand même boire un verre un soir ? il finit par demander.

— Il faut que j'accepte pour que tu te pousses ?

— Surtout pas ! Il se décale.

— Je ne sais pas, il faut que je me lave.

Je sors. « Merci pour tout », j'ajoute.

Et je me sens vraiment comme un petit monstre sale tandis que je m'éloigne dans la cour et qu'il me suit du regard.

C'est pas la fin du monde. C'est vraiment pas la fin du monde, je bascule pour du rien du tout. Je force le rien du tout et la non-fin du monde à habiter ma tête. Mais rien n'y fait, l'air ne passe pas. Il passe très mal.

Une cliente très motivée part avec *Ulysse* de Joyce et je nettoie et prépare pour la vente mon premier lot de livres. Je les ai transportés sur mon dos depuis Emmaüs jusqu'ici, un enfer.

Il y a du vent et je rate mon coup en voulant réparer un Jules Verne à la colle à bois comme Baptiste m'avait dit de faire, je m'en mets partout sur les doigts, puis sur le cuir et entre deux pages, qui s'agrègent. C'est un massacre. Ça fait dire merde à Catherine horrifiée, elle me l'arrache à moitié des mains et tente de rattraper mes conneries, mais c'est trop tard, et la tranche a séché de travers.

Bokné a dit que j'étais prête à faire le vrai travail de bouquiniste, mais je ne le suis pas du tout, c'est évident. Ce matin déjà, après avoir donné 15 euros pour un *Pantagruel* qui valait très gros selon son vendeur, je me suis rendu compte que je ne pourrais pas le vendre plus de 20. J'ai la désagréable sensation d'avoir été volée.

Il est quatorze heures et j'ouvre une bière, je remplis le wagon-bar minutieusement tous les deux ou trois jours.

— Soizic t'es pas obligée de boire à chaque fois que tu rates un truc, en plus ça éloigne les clients, dit Catherine.

— Pas du tout !

— La prochaine fois que tu as quelque chose à coller tu m'appelles et je te montre.

— Je vais y arriver toute seule !

— Ma fille ! T'es une vraie mégère, je te rends service ! Le métier, ça se transmet, c'est comme ça que ça marche, demande aux vieux quand tu sais pas faire, qu'on serve au moins à quelque chose, elle dit en sortant de sa poche un petit Lu couvert des peluches de sa polaire.

Je laisse de côté les livres à réparer, j'ai acheté plein de gommettes à mettre sur la cellophane pour qu'à la fin on s'y retrouve entre les livres de Bokné et les miens.

Il a dit que ça me ferait plus de sous d'avoir mon stock, puis il n'a pas le temps de chiner en ce moment avec ces « trucs » qu'il entreprend, ces je ne sais pas quoi. Et moi je dis qu'Alice lui a mis le nord au sud. Cette fille doit être extraordinaire.

Je me sens, après ma journée de travail, un peu seule et un peu saoule. Je rachète à boire alors que je commence à me faire peur. En tournant dans les rues avec mon pack de bières je me demande si c'est bien normal mais c'est trop tard. C'est pas normal du tout de consommer de cette façon, je sais très bien vers où ça m'emmène. Je connais par cœur le fonctionnement de la catastrophe alcoolique, sans savoir vraiment à quel moment on commence. Mais je sais que j'y vais. Si je voyais plus de gens je n'aurais pas besoin ? Zonebbu ne me rappelle pas et moi je n'ose plus, je regarde régulièrement mon portable et chaque fois je suis déçue. Il n'y a personne à un autre bout qui pense à moi, mes grands-parents font leur vie, Bokné me délaisse. Tout le monde fait sa vie. Moi aussi. Et Catherine m'appelle tous les matins, elle fait traîner la discussion alors qu'on se voit l'après-midi.

À l'angle de la rue Stephenson je vois un cabas devant un immeuble. Tout seul. Il est plein de courses. Je m'arrête, je ne sais pas pourquoi, je sens qu'il a été oublié là. Le propriétaire ne reviendra pas.

Je m'assois à côté de lui sur un bac à fleurs en pierre et j'attends. C'est un cabas bleu et vert à carreaux de la marque Caddie, comme pour les grands-mères traditionnelles. Il serait bien pour transporter les livres. J'attends cinq minutes, parce que l'emporter comme ça ce serait du vol. Si personne ne vient, si ce n'est pas moi, quelqu'un d'autre le prendra. C'est sûr. Et si je le prends et qu'on me court après, qu'on hurle voleuse après moi, ce sera terrifiant. Dix minutes. Peut-être qu'il est là pour moi, c'est la providence, si je ne le prends pas je resterai à tout jamais une personne molle qui ne sait pas saisir sa chance, attraper au vol une occasion. Une fois que j'ai formulé cette pensée, je ne peux plus reculer. Je n'ai plus le choix, je me tortille sur mon bac à fleurs en tergiversant longuement, d'un seul coup ça me rend horriblement superstitieuse.

Alors j'écrase ma clope, je compte jusqu'à trois, me lève et l'attrape par la poignée, m'en vais. En roulant avec je tends l'oreille et m'interdis de regarder derrière, on va peut-être me poursuivre, je vire à gauche vers une rue perpendiculaire qui me mène à la rue Léon. Je tâte mon pouls en marchant, c'est un vol, oui mais il n'était à personne. Et moi j'en ai besoin. Je l'ai pris, voilà.

— Eh ben dis donc quel beau cabas, dit Milena pardessus ses lunettes de lecture quand je passe à la réception.

Elle sourit, elle se fiche de moi, je monte l'escalier sans répondre, pour qu'elle comprenne qu'elle m'indiffère, son odeur entêtante et nauséeuse de menthe qui la suit partout. Je m'assois sur son mépris.

Je m'arrange pour être la première aux toilettes après leur nettoyage, le seul moment où elles sont bien nettes et sèches. Quand j'en sors, je croise le type en claquettes et serviette, qui trempe toujours les toilettes, il est complètement sec. Il s'y engouffre.

Je laisse la porte de ma chambre ouverte, aux aguets, j'attends qu'il sorte. Pour savoir.

Catherine m'appelle comme tous les matins et je décroche, la tête ailleurs.

« Bonjour Soizic », j'entends, et je décolle mon oreille, regarde le numéro inconnu affiché sur l'écran. « C'est Camille… c'est ta mère », dit la voix.

— Oui je sais, je finis par répondre, et je m'en mords les doigts de ne pas avoir regardé avant de décrocher, une drôle de chaleur me monte à la tête et je perds mon air, encore.

— Ça va ? elle demande comme si on s'était parlé hier.

— Oui et toi ?

Mais ce oui et toi résonne à des kilomètres, il y a un silence, j'ai toujours les yeux fixés sur les toilettes.

— Je voulais te dire, pour la dernière fois, j'étais pas exactement dans mon assiette…

— Ouais j'ai vu.

— J'aimerais bien qu'on se revoie, je veux dire, un peu mieux.

— Pour quoi faire ?

— Je voudrais bien te connaître.

— Ah, que maintenant ?! je dis un peu fort.

— Mais non…

— Si, en fait, d'un seul coup, Dieu sait pourquoi, tu es disposée à me « connaître », alors il faut que ça se fasse tout de suite, genre, c'est dingue !

— C'est plus compliqué que ça, elle marmonne.

— Non, je crois pas, je comprends pas.

— Je te tends la main parce que je sais que tu dois être seule à Paris, j'ai connu ça, je me dis que tu as peut-être besoin d'aide.

— Mais qu'est-ce que ça peut te faire ? Je me débrouille c'est tout.

— Ça m'étonnerait, ici, avec la vie que tu mènes, ça doit être difficile, elle rétorque sur un ton froid.

Je me fâche.

— Je suis paumée, je vois pas pourquoi ça te préoccupe et pourquoi tu m'appelles comme si tout était normal, alors qu'en premier lieu, je sais pas, normalement tu devrais pas t'excuser ?

— M'excuser ! elle rit et ce rire s'allonge, il dégouline sur moi comme une eau gelée.

C'est trop. Je raccroche, je reste un peu là à regarder mon téléphone comme si j'avais couru longtemps, fui quelque chose, elle rappelle et je la bloque. Je suis hors de moi.

J'entends la porte des toilettes qui s'ouvre et le type aux claquettes apparaît, il est trempé, je sors de ma chambre :

— Mais pourquoi vous inondez les toilettes comme ça ?! je dis, cachant mal mon énervement.

— Je fais mes ablutions, il répond en levant les sourcils.

— De quoi ?

— Mes ablutions. Pour la prière.

— La prière…

— Je suis musulman ! il dit.

— Et pourquoi vous ne les faites pas dans votre chambre ? C'est agaçant à la fin tout est mouillé tout le temps !

— Mais dans la chambre ça trempe tout ! il répond avec colère. Ça dérange personne aux toilettes !

— Moi ça me dérange !

— Pas mon problème !

— Vous êtes un sale égoïste ! je crie.

— C'est ça !

Il rentre chez lui et claque la porte.

Je dévale les escaliers, trouve Aziz derrière la table de camping.

— Non, mais écoute, il dit quand j'en ai fini avec mes doléances. Écoute, il baisse le ton, Youssef il a pas de lavabo.

— Il dit que si !

— Non, il est fauché comme les blés, il a pris la moins chère des chambres, sans eau.

— Mais il a dit que…

— Mets-toi à sa place deux secondes, il a honte, il va pas te dire à toi qu'il a pas de lavabo, t'as vingt ans de moins que lui, tu te rends compte ! T'as les moyens de te payer une chambre mieux que lui, avec douche et lavabo, alors qu'il est réduit à se laver dans les toilettes.

Silence.

— Merde on est fâchés maintenant, je dis.

Bokné m'envoie chercher les souvenirs, c'est le pompon. J'ai failli dire non mais j'ai vite compris qu'étant donné sa motivation, si je n'acceptais pas, des souvenirs je n'en aurais plus et ce serait la fin du monde. Mon cousin profite de vacances prolongées, il dit qu'il écrit des poésies et des haïkus. Les haïkus c'est très à la mode paraît-il. Il y en a même dans le métro, ils sont très laids, alors j'en ai composé un aussi pour voir, ça donne ça :

Le papier Lotus
Fond dans la casserole,
C'est l'automne.

Je le lui ai envoyé par texto mais il n'a jamais répondu. Je trouve que j'ai un certain sens de la poésie. Alors voilà, il écrit pour Alice le nez en l'air et je balaie les feuilles mortes, je nettoie la poussière noire des autos vrombissantes sur les livres. Tu m'étonnes qu'il m'aime vraiment beaucoup et que finalement il me garde. Je commence à faire des sourires un peu désespérés aux passants grimaçants du mois d'octobre.

Le chiffre n'est plus ce qu'il était, je le vois bien en consultant les comptes, la moyenne a sensiblement baissé. Même en vendant mes livres, je ne vais pas très loin. J'y pense en remontant la rue du Temple, mon beau cabas derrière moi. Je réfléchis à comment faire, je sais que si je vendais mes propres souvenirs je pourrais m'en sortir, mais Bokné ne m'en a pas donné la permission.

J'arrive dans une petite boutique nommée L'Étoile Souvenirs, c'est un gros rectangle creux. Quand on entre il faut se frayer un chemin entre les cartons non déballés, contourner l'immense carré vitrifié qui sert de présentoir et de table, c'est si petit et rempli. De loin, ça ressemble au ventre d'une pâtisserie, tout y est acide et sucré. Les tours Eiffel sont de toutes les tailles et toutes les couleurs du monde, on trouve dans chaque recoin des cendriers de poche, miroirs de poche, accroches sac à main pour fixer à la table du bistrot, magnets, porte-clefs de tout et n'importe quoi, petits carnets pour écrire, sacs en tissu, dés à coudre, plaques en métal chat noir, marque-pages, T-shirts, macarons en plastique, fausses Jocondes, faux Van Gogh sans son oreille dans des petits cadres, bols pour le petit déjeuner, bavoirs tour Eiffel, briquets en forme de Notre-Dame… c'est écœurant, je veux sortir d'ici.

Mais je consulte la liste que mon cousin m'a dictée et je passe ma commande au vieux monsieur chinois derrière le comptoir. La règle d'or selon Bokné : plus c'est moche plus ça se vend, « donc si tu vois deux ou trois nouveautés moches qui pourraient faire de l'effet et qu'il te reste un peu de sous, tente le coup». Je fais tout ce qu'il veut et je sais que pour moi, ce ne sera pas suffisant.

Alors à un moment je n'y tiens plus et je prends un peu plus de chaque avec mon argent. Quelque chose comme une quinzaine de dessous-de-verre et de magnets, deux sachets de porte-clefs. Pour l'instant il n'en saura rien, même s'il vient il ne le verra pas, je lui en parlerai quand je le verrai, je tâcherai d'obtenir son autorisation, elle sera rétroactive.

Je sors du magasin avec mon cabas volé et mes souvenirs douteux. Je me convaincs que ce que je fais est juste et honnête malgré tout. Je trouve un supermarché et j'achète deux bières, je respire très mal.

Il y a des gens, des tas de gens qui passent, ils sont parfois si nombreux qu'ils forment des bouchons au niveau des feux rouges. La foule n'achète pas. Rien du tout, je ne sais pas si mon étalage n'est pas bon, si c'est ma figure qui n'est pas bonne ou si, simplement, le ciel est trop bas pour qu'on ait envie de s'arrêter quelque part. Même les dés à coudre que j'ai choisis avec des chatons et des arcs de triomphe n'attirent pas l'attention.

Baptiste n'est pas venu et Catherine arrive à seize heures en disant qu'il va pleuvoir. J'ouvre ses boîtes en entier, j'ai à peine terminé que les premières gouttes tombent. Alors je les referme aussitôt. Catherine s'en va en disant bonne chance. Moi je cours partout sous la pluie pour jeter la marchandise dans les boîtes et recouvrir de bâches les côtés et les tables. Je les fixe avec de grosses pinces noires, je n'ai pas l'habitude, je travaille d'un côté et l'autre s'envole. Je range trop tard les journaux anciens, ils dégoulinent, je suis vite débordée. Quand la pluie s'arrête tout est trempé. Mes chaussures sont des flaques. La foule s'est complètement évaporée, j'ai les mains noires de crasse. Il faut attendre que les choses sèchent, je ne peux pas fermer comme ça. Je fais des rêves de radiateurs en regardant mon smartphone, me sens comme sur une île déserte et grise et moche. Je débloque et bloque le numéro de ma mère. Très vite, comme si elle pouvait s'en apercevoir, comme si ça pouvait brûler. Je veux voir si elle a laissé des messages mais il n'y a rien. Ça brûle.

J'appelle Zonebbu, regrette aussitôt parce qu'il ne répond pas, il a dû se désintéresser de moi. Il pense que je suis folle. C'est humiliant. Je ne sais pas si c'est qu'il me manque vraiment, ou si, simplement, j'aimerais bien avoir des amis mais je ne sais pas comment faire, je ne sais pas leur parler. Elles me font peur, les filles chouettes et drôles et cultivées et sociables qui ne sont pas dans ma vie, je les vois dans les rues et les métros. Des copines, terrifiant. Aller danser, déblatérer au bistrot, aller au cinéma, trouver les bons spots pour draguer, des expos à Beaubourg le samedi pour se moquer de Calder et Boltanski. Et comment on fait pour en trouver des amies ? Je sais pas faire. Tout le monde me manque. Zonebbu, il rirait de me voir là, trempée sous mes auvents. Il aurait l'air fatigué pour moi mais il rirait. Avec des larmes au coin des yeux, tout irait mieux. Mais il m'a laissée tomber, un petit écart et pouf pouf on disparaît. L'amitié il disait, la chemise parsemée d'herbe.

La nuit est ronde. Elle s'enroule autour des squares et dans les rues, elle cache les contours des boulevards. Et nous on descend tout à l'intérieur d'elle. Saouls, pour changer.

J'emmène mon cousin chez moi. Je vais le regretter, j'en ai la très vague certitude. C'est le genre de chose qui arrive quand on a trop bu. Plus rien n'est grave, on en dit, on en montre trop. L'hôtel, j'avais juré à mon for intérieur qu'il resterait ma place cachée, personne ne le verrait. Tout ça ne serait qu'entre moi et moi. Mais après deux bouteilles de saint-nicolas-de-bourgueil… Demain je regretterai, le nuage est poussé par un vent ivre, il disparaît du cadre.

— C'est quoi cet endroit ? il demande quand on arrive à la réception de l'hôtel. Un sandwich est abandonné à moitié mangé sur la table.

Aziz est sur son téléphone, il lève les sourcils en nous voyant débouler dans le hall de l'immeuble.

— Je suis encore bourrée ! je lui dis.

Il ne répond pas, il n'a pas l'air content, « Bonsoir ! » dit mon cousin.

— Mais on est où en fait ?

— C'est là que j'habite.

— C'est une résidence surveillée ?

— C'est un hôtel, viens c'est par là.

— T'habites là ? il dit à l'entrée de ma chambre.

— Ouais.

— Mais c'est pas très… c'est bizarre, c'est vraiment un hôtel ?

— Oui et alors reste pas là, pose tes affaires.

— Tu me l'avais pas dit.

Je m'étale sur le canapé, jette mes chaussures qui rebondissent sur le mur et vont s'échouer quelque part, sur un tas de vêtements en désordre.

— C'est ghetto ton truc, il dit en sortant la bouteille de Martini de son sac. T'as des verres ?

— Un verre et une tasse, je réponds en fouillant dans le placard à coquillettes, à vêtements, à chaussures et à télévision cassée.

— Pourquoi tu vis ici Soizic ?

— J'ai pas pu faire autrement, un appartement à Paris, sans rien, sans dossier…

— Et tes grands-parents ?

— Je veux pas.

— Pourquoi ?

— Parce que je ne veux plus être dépendante.

— Mais pourquoi ? Ils sont là pour ça non ?

— Après c'est chantage affectif et compagnie, il faut que je fasse tout ce qu'ils veulent, je ne veux plus.

— Bon… Mais tu vas pas rester là, il faut que tu déménages.

— Pour quoi faire ?

— Bah tes murs ils sont tout nazes, t'as pas de cuisine, t'as rien, puis ça sent l'humidité un peu quand même…

— Tu trouves ?

— Tu devrais prendre un boulot, même à la con Soizic.

— Je bosse pour toi.

— Oui mais c'est la fin de la saison, l'hiver ça va pas être rentable du tout.

— Je veux pas faire les jobs de merde, sur les quais je suis libre.

— Et retenter hôtesse ? être au chaud pour décembre ? t'as pas eu de chance la première fois c'est tout.

— Je suis grillée.

— Quoi ?

Et je lui raconte la vraie histoire de mon arrivée chez lui, comment je suis partie en courant de ma formation, comment j'ai eu peur des trois nanas du cabinet d'avocats. Il rigole beaucoup en m'écoutant, il le prend pas mal que je lui aie menti dès le début, lui, il trouve ça simplement drôle, et pour les souvenirs du Chinois ? Il réagirait pareil ?

— Mais qu'est-ce que tu veux faire ? il me dit, comme vrai métier, qu'est-ce qui t'intéresse ?

— Je sais pas je m'en fous, la vérité c'est que les choses, elles sont jamais si fabuleuses que dans ta tête, viens on fait un cul sec !

— T'es quand même une branleuse en vrai, tu te traumatises pour un rien.

— Une branleuse ?! Attends hé, mec, tu t'es vu ? Qu'est-ce que tu fous avec tes boîtes, tu viens jamais ! Là je compte, ça fait un mois que t'as pas ouvert, c'est moi qui me tape tout. Toi tu ramasses l'argent comme un bon propriétaire et tu fais de la poésie, tu contes fleurette et tu fais rien qu'à picoler !

Il boit une gorgée, regarde le mur :

— Je sais pas ce qui m'arrive, il dit au bout d'un moment, je comprends pas. Moi bouquiniste, c'était une évidence, j'ai eu mon bac et j'ai fait une demande, je les ai eues tout de suite mes boîtes, à dix-neuf ans. Mon père a toujours fait ça, ça le rendait heureux, moi aussi j'aimais. J'ai jamais pensé que peut-être j'aurais envie de faire autre chose. Et puis t'es arrivée, j'ai levé le pied, j'ai commencé à me poser des questions et maintenant je suis plus sûr de rien du tout…

— Tu veux plus être bouquiniste ?

— Je sais pas.

— Merde !

— C'est qu'il y a tellement d'autres choses, j'ai peur que ma vie s'en aille, je me réveillerai vieux un jour, en pensant, bah mince, j'ai pas pris la bonne direction. Par exemple, j'ai jamais voyagé, j'ai lu Cendrars en rêvant à des endroits lointains, à des vies de dingue, mais j'ai rien fait du tout.

— Moi non plus j'ai pas voyagé.

— Et ça te tente pas ?

— Non, je dis, tout le monde fait son voyage de jeunesse, je les vois bien les gens quand ils reviennent, ils pensent qu'ils ont tout compris mais ils sont pas plus avancés que moi. Tu veux partir en Argentine avec ton sac à dos ?

— T'es cynique c'est pas possible ça ! Nan moi je voudrais faire quelque chose d'utile.

— Qu'est-ce qui est utile ?

— Mais plein de trucs ! Y a plein de choses à faire, je pourrais m'embarquer sur un navire Sea Shepherd. Monter une ferme bio ! Être un lanceur d'alerte comme Snowden ! Fabriquer des vélos moi-même, poser des caméras dans les abattoirs pour L214, niquer la police… J'ai plein d'idées ! Je cherche ! J'ai le temps pour ça ! Toi t'as le temps d'essayer des choses aussi.

— Mais je sais même pas si je vais pouvoir payer mon loyer !

Après je cherche mes mots, j'attends, je cours derrière ma respiration et Bokné me fixe d'un drôle d'œil.

— Et puis, et puis, je finis par dire, du coup fallait que je t'en parle, j'ai acheté des souvenirs pour moi.

— Je t'avais pas autorisée à faire ça, il s'énerve.

— Je suis coincée, je suis dans la merde !

— Et pourquoi tu me l'as pas dit ? On aurait pu s'arranger, je te fais confiance et toi tu me mets devant le fait accompli !

— Tu veux que je les remette à ton compte ?

— Mais en fait t'es rien qu'une foutue escroc la cousine ! n'importe qui d'autre te mettrait à la porte pour ça Soizic tu t'en aperçois ?!

— Ouais, fous-moi dehors…

— Mais arrête !

Il me pousse du coude et je sens que je suis prête à

pleurer, lui aussi il le voit. Je veux dire quelque chose, j'ouvre ma bouche qui reste bloquée en l'air par un drôle de frisson dans la mâchoire, je secoue la main pour m'en sortir, mais je suis collée à moi-même. Il m'observe. Finalement je reste en suspens, ça vient pas les larmes, elles s'en vont comme elles avaient cru venir. Je voudrais parler mais je ne sais pas, ça ne veut pas. Je lâche :

— T'as pas une clope ?

Il soupire, l'air un peu découragé.

On n'a plus rien, ni feuilles ni miettes.

Alors on dissèque les vieux mégots pour récupérer le tabac qui n'a pas brûlé, on roule tout ça dans des morceaux de tickets de caisse, puis on regarde la nuit s'en aller tout doucement du ciel jaune de Paris.

Bokné rugit en s'étirant longuement, on s'est endormis comme des masses. Deux heures trente de sommeil. Il me secoue doucement pour que je me réveille, et puis il dit :

— T'imagines on serait pas cousins, on en aurait profité pour faire l'amour.

— Et Alice ?

— Elle l'aurait pas su.

— Ah ben bravo ! c'est ça l'amour ? Mais tu sais, on pourrait très bien si on le voulait, je dis.

Il a l'air un peu choqué, se lève et va vers l'évier, je l'entends qui prend ma brosse à dents sur le lavabo, ouvre le dentifrice :

— Je crois que ce serait totalement inutile, il lance, incertain, avant de commencer à frotter.

— Et superflu.

Je me lève, prépare un café.

— T'as pas une bière ? il demande quand il a fini sa toilette.

— Sur la fenêtre…

En sortant on croise Aziz, il ne me regarde pas, il ne dit pas bonjour, je me sens de nouveau mal.

On s'arrête au bureau de tabac pour acheter des cigarettes et des Bingo à gratter.

Dans le métro, Bokné saute les portiques et je le suis, il me donne deux trois tuyaux pour frauder en toute sérénité.

— T'as vu on est passés devant lui ce matin et il m'a pas dit bonjour, je sais bien qu'il a fait tout ça, me ramasser, m'emmener dans sa chambre, parce qu'il veut me niquer.

— Ça c'est sûr... Mais et s'il ressent vraiment quelque chose pour toi ?

— Il veut me niquer je te dis ! Sinon il ferait pas la gueule comme ça. C'est bon je sais comment ils sont, il est frustré.

— Hé ! En même temps il nous a vus monter dans ta chambre il a forcément projeté des trucs, et il est triste genre si ça se trouve il est pas fâché, il est triste. Tu lui fais tourner la tête et tout.

— Mon cul.

— Soizic ! Tu lui donnes même pas sa chance.

— Mais je m'en fous moi de lui !

— Ah ouais ? Et si tu t'en foutais tu m'en parlerais pas hein.

— Je m'en fous !

— Il est pas mal en vrai, dit Bokné en me passant la cannette de 8.6.

— Tu trouves ?

— Bah je sais pas enfin, j'imagine, c'est un type bien foutu, musclé et tout puis sa tronche elle est bien aussi, les meufs elles aiment ça… après je sais pas hein, je suis pas gay, je peux pas juger les mecs.

— Avoue que tu le trouves sexy !

Il m'envoie un coup d'épaule qui me fait voler contre un homme en costar, la 8.6 gicle un peu, il me repousse violemment et ça fait beaucoup rire mon cousin.

Quand on se sépare, Zonebbu téléphone, j'hésite longtemps, finalement je ne décroche pas, j'ai d'autres choses à faire, ça ne peut pas être quand il veut. Il laisse un message, il a plein d'histoires à me raconter, ça fait un bail, il aimerait bien qu'on se voie. Il fait comme si il n'y avait pas de malaise, après des semaines de silence. C'est sans doute un de ces moments où il se sent seul. Il ne s'est jamais renseigné sur mon état quand j'allais si mal. Il m'a laissée au métro en pensant « elle va bien se réparer toute seule ».

J'ai toujours cru que les autres étaient là pour t'accompagner et te guérir. Je croyais qu'il suffisait de trouver les bonnes personnes pour avoir moins peur, elles allaient apparaître un jour, en cherchant bien, à Poitiers, à la fac, à Paris. Mais quelques années sont passées et je me dis que peut-être, ce n'est pas dans ce sens-là que la Terre tourne.

Je marche en grattant mon Bingo avec une pièce de 5 centimes, j'ai gagné 10 euros. Je relis plusieurs fois le petit encadré avec marqué dedans « Nul si découvert ». Je l'effrite avec les ongles, jusqu'à ce qu'il soit totalement à nu.

Et je vais ouvrir. Pour changer.

Je ne sais rien, je ne sais rien de ce que je vais faire. Ni à quoi ça pourra bien ressembler tout ça, ma vie. Les gommettes envahissent les livres, j'en mets de toutes les couleurs, mon stock s'étend au fur et à mesure et grignote celui de Bokné. Il n'y a qu'ici que je tiens à peu près debout, j'existe un peu, je m'accroche au quai même s'il fait froid. Je crois que j'appartiens à quelque chose, je suis utile.

Mais ce n'est pas seulement ça, non, c'est un peu plus, je le sens. La réparation, la remise en place des éléments cassés se fait ici, les fissures s'adoucissent ici. Je ne suis jamais bien ailleurs. Peut-être que ça veut dire quelque chose. Les boîtes sont plus ma maison que ma chambre d'hôtel. Elles sont plus de présence que les gens.

Bouquiniste. Ce matin, dans le brouillard de mon esprit, très loin, pour la première fois, quelque chose s'allume.

Elle a deux livres dans les mains, fait semblant d'hésiter à les acheter, lance des coups d'œil autour d'elle, me cherchant dans le paysage. Tout est au bord de la rupture en moi quand je l'aperçois en revenant du café. Je reste figée sur le trottoir avec ma bière et les chouquettes. En me remettant à marcher, je jette discrètement le contenu de ma pinte dans le caniveau et le gobelet dans une poubelle. Il ne reste dans mes mains que le petit sachet plein de sucre que Catherine, qui ne peut jamais rien attendre, récupère aussitôt.

Ma mère vient vers moi, elle hésite, elle a gardé les deux livres sous son bras. Elle a toujours une odeur un peu âcre, presque sucrée sous le parfum, émanant des pores de sa peau, quelque chose qu'on devait sentir sur les gens quand l'eau potable n'existait pas. De fond de verre collé à la nappe assemblé à la chair et à la chaleur du sang. Moi je croyais que c'était l'odeur naturelle de ma grand-mère, qu'elle n'appartenait qu'à elle. Petite, quand je la sentais quelque part, ça me rassurait. Et puis un jour j'ai compris qu'il s'agissait des vapeurs du corps imbibé d'alcool.

C'était un lendemain de soirée au lycée. Un type dormait à côté de moi dans une baignoire au milieu d'un champ, va savoir, on cuvait, des pénis avaient été dessinés sur son visage, il sentait fort ma grand-mère. Et moi aussi.

— Je passais par là, dit Camille, je me suis dit que je pourrais venir te dire bonjour.

— Eh ben bonjour.

— C'est qui celle-là ? dit Catherine la bouche pleine.

— Une vieille amie, je réponds.

— Ils sont tous vieux tes amis, comme l'autre cinglé hystérique là, elle lance en s'éloignant.

— C'est la grand-mère vorace et diabolique dont ton cousin parle tout le temps ? demande ma mère.

— C'est elle.

— Je crois que tu as bloqué mon numéro de téléphone.

Quelqu'un me donne 3 euros 50 pour un livre dont je ne regarde même pas le titre et je ne vois pas non plus le visage de la personne, en fait je ne sais même pas s'il s'agit d'un homme ou d'une femme, je fais ça machinalement. Je dis bonjour, merci et au revoir bonne journée, sans même entendre ce qui sort de l'autre bouche, mais j'imagine que cette autre bouche dit à peu près la même chose que moi.

— Il paraît que tu habites à l'hôtel, continue Camille quand la personne est partie.

— Ah les nouvelles vont vite ! Et alors ?

— Je t'ai dit que je pouvais t'aider, j'ai de l'argent, je peux te porter un peu, le temps que tu saches où tu vas.

— Mais je m'en fous de ta tune moi !

— Je ne te ferai pas d'excuses.

Elle me plante cette phrase au milieu du ventre, elle attend de voir ce que ça produit sur moi.

Je suis pétrifiée, Camille me toise, elle a son sourire immobile, dans ma tête, l'image de Milena se forme. Elles ont des chignons de la même allure, aériens, bouffant sur le devant, cheveux en brindilles cassantes autour des oreilles. Au bout d'un moment elle dit :

— Je pouvais pas te prendre en charge Soizic, j'étais détruite, j'étais pas capable.

— Et pourquoi ?

— C'est comme ça.

— Genre, c'est comme ça, c'est tout, je vais me contenter de ça !

— Oui !

— Tu viens me voir pour me dire que c'est comme ça et d'aller me faire foutre.

— Tu n'es pas venue à Paris par hasard je ne suis pas idiote ! Je sais très bien que tu me cherches et c'est normal.

— Je vois pas pourquoi je m'intéresserais à une meuf alcoolo et égoïste, je jette froidement.

Elle rit nerveusement :

— Je te propose de l'aide, financière, c'est tout, tu prends ou tu laisses.

— C'est non ! t'es trop malsaine ! t'es trop barge !

Ma voix s'envole et tout le monde s'arrête quelques secondes. Catherine et Baptiste se tournent et leurs clients aussi. Les yeux curieux circulent depuis les livres et les étagères et entre les rouleaux de scotch, la cellophane.

Cette fois elle a l'air d'avoir pris une gifle en pleine

figure, elle se rapetisse, son visage s'en va tout en entier vers le bas. « C'est faux » elle murmure. Elle repose les deux livres sur les dessous-de-verre à 4 euros. « Je crois que je ne vais pas m'attarder. »

— T'as raison.

Je l'ai touchée, je l'ai fendillée, j'ai trouvé. C'est pas un mur, je peux taper dedans.

Je la regarde s'éloigner le long des quais.

Je ramasse les deux romans sur la table et les range en tremblant.

J'ai vu un chat dans la rue, il était bleu, il pleurait. Je le jure.

Ses deux grands yeux jaunes et son pelage bleu pleuraient, ruisselaient.

J'ai continué de marcher vers le Franprix comme si rien ne s'était passé. Je me suis entendue halluciner, dire tout haut que ce n'était pas possible. C'était un peu plus tard au rayon fromages.

Je me dis que je ne boirai plus.

Évidemment je cherche l'air et envisage d'acheter un roquefort, mais manger, après dix-huit heures je ne peux pas. La tisane serait la juste chose à faire un soir d'octobre et alors demain serait plus souple. Je me sentirais mieux. Boire une tisane et refaire mon CV pour l'hiver. Quand les quais ce ne sera plus possible. Il m'a prévenue Bokné. La tisane la tisane la tisane. La majorité des gens font ça, c'est très normal.

Au magasin, j'achète la boîte violette avec un formidable ventre de satiné dessus, de femme qui a même un très beau pyjama le soir pour remplacer ses très beaux vêtements de ville. Nuit Tranquille ça dit, entre deux gorgées ça fait des machins de yoga et ça envoie des textos gentils aux très nombreux amis qui les lisent depuis leurs pyjamas respectifs. Parfois, tous ces gens-là se réunissent autour d'un cocktail dans un joli endroit et s'ils en boivent deux c'est une soirée de folie. C'est ça les gens normaux. Aussi, ils ne fument pas. En plus ils sont beaux et ils restent jeunes jusque très tard, pas comme ma mère. Je me heurte au mur derrière lequel il y a leur amusement et je n'arrive même pas à l'apercevoir. Comment sont-ils heureux sans les clopes et la bibine et sans les soirées qui finissent n'importe comment ? Comment font ces gens-là dans ce bagne construit sur des sachets d'infusion et des photos de brunch ?

J'ai toujours été persuadée qu'ils cachaient quelque chose, une addiction, un vice, ils ne disent pas leur vie. Comme quand on s'extasie sur la finesse de ma taille et de mes jambes et que j'ai l'air de trouver ça parfaitement normal alors qu'en réalité, en réalité j'ai si faim.

Je passe devant la bière sans même la regarder.

Quand j'arrive à la caisse, mon téléphone vibre, c'est Zonebbu, le ventre et sa tisane passent sur le tapis roulant, c'est la fin, les mots « Appel entrant Zonebbu » s'effacent de l'écran, je le remets dans ma poche.

— Cinq euros dix, dit la caissière.

— Oui.

— … Espèces ou carte ?

— Quoi ?

— Espèces ou carte ?!

— Billet.

Elle se renfrogne quand je lui donne 50 euros comme j'ai râlé quand le monsieur m'a donné ce billet l'autre jour pour acheter *Zazie dans le métro* qui coûtait 3 euros 50. Fallait bien que je le casse au bout d'un moment.

Dehors il commence à faire frais.

Le chat qui pleurait est un imperméable bleu abandonné par terre.

J'étouffe, décide de marcher un peu et remonte légèrement vers Montmartre, longe la rue de Clignancourt et ses bistrots pleins de gens branchés, foudroyants de style, banane en bandoulière au travers de la poitrine, K-way de beaufs et survêtements d'hommes qui tapent leur femme dans mon village natal. C'est la mode.

« Hé ! », j'entends quand je reviens sur mes pas vers le boulevard Barbès, « Hé Soizic ! », mais comme je ne vois personne je continue en tirant sur ma clope.

Une main sur mon épaule me tire en arrière.

— Tu m'entends pas ! dit Aziz essoufflé.

— Je croyais que c'était pas pour moi, je réponds bêtement.

— Ah.

— Tu fais quoi ?

— J'ai bu un coup, je rentre.

— T'étais avec des amis ?

— Oui ceux de la fac.

— Tu fais la fac ?

— Non j'ai arrêté, j'étais en cinéma. Mais bon, ça m'a gonflé, j'ai juste gardé mes potes.

— T'as arrêté y a longtemps ?

— Huit ans, il murmure en rougissant.

— Ah ouais ! je m'exclame, en fait t'es un vieux ! Excuse-moi.

On se dirige assez silencieux dans la rue Poulet puis Léon. La nuit nous envoie son air froid de vies qui s'entassent dans les grands murs des immeubles. Quelques ivrognes crient dehors, ils s'engueulent un peu, ils se tapent l'épaule.

Aziz me raconte qu'il aura la gérance de l'hôtel quand Louis et Milena prendront leur retraite, ce sera son affaire à lui. Je trouve ça bien, même si je ne sais pas comment il est possible de rester toute sa vie au même endroit, c'est là qu'il a grandi, la rue Léon. Est-ce qu'il n'étouffe pas ? Comme moi en Touraine. Mais Paris, ça n'a rien à voir avec les petits morceaux de campagne. Peut-être qu'on peut y naître et y mourir parce qu'après tout c'est ici que tout arrive.

Sous les lampadaires qui font tout ce jaune et ses cheveux noirs, sa bouche parfois se soulève par le côté puis retombe, faisant jaillir un trait depuis le nez jusqu'au coin des lèvres, il fait très beau et mélancolique.

Aussi, il a l'air si grave quand on arrive à la réception qu'on dirait qu'un drame lui est arrivé et j'ai envie de rire.

— Ça se passe bien sinon avec ton mec ? il dit d'un seul coup.

— Quel mec ?

— Celui de l'autre fois…

— C'est mon cousin !

Il fait « Ah ! », très embarrassé.

— Tu prends un verre chez moi ou je dois définitivement arrêter de te proposer des trucs ? il demande après une déformation excessive de sa bouche.

On traverse la cour et il ferme la porte bien à clef derrière nous, se justifie, « Le vieux est parfois très intrusif ».

En fait de verre la bouteille de Martini y passe et je finis par remettre la main en sursautant sur la tisane au fond de mon sac.

Il y a le moment où on met de la musique, celui où je lui arrache la colonne vertébrale sur *Mortal Kombat* en appuyant sur un bouton inconnu de la manette, après je détaille le contenu de sa bibliothèque très longuement et je veux jouer à *Zelda*, mais j'éteins la Xbox.

Quand il en a vraiment marre de me voir gesticuler, il m'embrasse.

Après c'est toujours la même histoire. Dormir dans les bras de quelqu'un et s'y réchauffer n'est pas si simple. D'abord il y a ce moment du sexe, souvent assez long et poussif parce qu'il faut en plus s'appliquer avec les préliminaires, on n'a rien le droit d'expédier. Mais moi, je n'ai jamais envie. C'est trop long, ça m'ennuie.

Le sexe, c'est génial et c'est fun, et si tu fais ça bien tu es fun. Je ne suis pas d'accord. Je ne suis pas fun. Lui non plus apparemment, il est très maladroit et je ne fais pas beaucoup d'efforts pour l'aider. Il dégouline d'angoisse, il est fébrile, je finis par me mettre sur lui, et tout est plus rapide.

Le sexe, je m'en fiche pas mal, ce que je veux, ce sont des bras et un corps pour ma tête qui a si froid, pour mes poumons couverts de givre.

Évidemment il veut se retourner et dormir, mais je l'en empêche, je suis prête à griffer, ça le fait rire et enfin j'accède à ses bras qui encerclent ma peau et je me prélasse contre lui en me sentant inatteignable. Je reste des heures éveillée à me régénérer doucement. Et qu'est-ce que ça veut dire d'abord cet amour qui passe entre des gens parfois ? Moi je ne sais pas ce que c'est la passion et le manque.

*

Le téléphone vibre, perdue dans mon sommeil je décroche.

— Soizic ! Mais pourquoi vous ne répondez plus ?!

— Il est sept heures et demie, je marmonne.

— Vous venez chez moi ? dit Zonebbu.

— Je ne suis pas à votre disposition.

— … Vous m'en voulez de ne pas vous avoir rappelée, après la dernière fois ?

— Oui.

— Mais vous non plus vous ne m'avez pas contacté, et c'est vous qui m'avez agressé !

— Vous ne vous êtes même pas inquiété.

Je raccroche, il rappelle, je me mets sur le mode avion.

Aziz a les yeux grands ouverts dans le demi-gris du matin, on dirait qu'ils sont directement posés sur l'oreiller.

— Je croyais que tu étais seule, il dit.

— Je suis seule, je suis très seule.

— Mais alors c'était qui ?

— Ça ne te regarde pas, je réponds.

— Si un peu quand même…

— On ne se connaît pas.

— Alors qu'est-ce que tu fais là ?

— Je ne sais pas.

Ça le blesse, moi aussi, alors très vite je remonte chez moi, je me lave et sors.

Aziz a voulu m'embrasser les premiers jours et je l'ai envoyé promener. Il a fait des invitations, des demandes de numéro de téléphone, s'est installé dans le hall à la place du vieux Louis pour attendre jour et nuit mon passage, il a laissé des mots sous ma porte et finalement, hier, s'est mis dans une colère noire, recouvrant les couloirs, les escaliers, les paillassons et les fenêtres d'une lourde grisaille et de pleurs silencieux.

Alors ce matin je m'en vais très tôt, je sors dans les rues fracassantes et froides.

Je vais à pied depuis Château Rouge jusqu'à Châtelet. La séance au cinéma commence à neuf heures, j'ai beaucoup d'avance. Je piétine devant le MK2 Beaubourg. J'ai pris un abonnement illimité qui a achevé de me mettre à découvert, mais au moins, il y a toujours un endroit où je peux aller. Parfois je vois deux films dans la même journée, un le matin en attendant les quais, et un le soir pour ne pas être à l'hôtel et pour ne pas boire. J'espace mes sorties. Souvent quand même je bois, un jour sur deux, je calcule. Un jour sur trois c'est difficile. Est-ce que c'est du vrai manque ou bien est-ce simplement le seul moyen de me calmer ? Dans la salle ce matin je m'endors immédiatement. Me réveille avec les lumières qui reviennent.

Les Chinois rue du Temple, la boutique L'Étoile Souvenirs, le patron :

— Tours Eiffel diamant c'est 5 euros l'une.

— Mais je les vends 7, elles partent pas au-delà !

— Pas mon problème, il répond.

— Allez quoi c'est pas rentable, vous me les vendez en quantité pour 3 euros et c'est bon pour vous non ? Ça s'écoule vite.

— Cinq euros ou rien.

— Quatre ?

— Cinq.

— C'est quoi le prix de base ?

— Secret.

— Je suis sûre que vous les achetez 50 centimes.

Il hausse un sourcil.

— Je sais que vous les faites à 3 pour mon cousin, je bosse pour lui qu'est-ce que ça change ?

— J'ai changé les prix, soit tu prends tes sachets de porte-clefs comme d'habitude soit rien du tout !

— C'est relou, mettez-moi six sachets.

La pluie éclabousse les dalles grises du trottoir.

J'avance sur le parvis presque désert de Notre-Dame, ses échafaudages muets, où sont les ouvriers ?

Paris fait la gueule.

Je ne suis pas censée travailler par ce temps, mais il n'y a plus trop le choix. Les bouquinistes n'ouvrent pas en ce moment, à moins d'être en galère. Il n'y a personne dehors, les touristes ont fui vers le musée d'Orsay ou Beaubourg, et les Parisiens sur leurs canapés d'où ils commandent des Deliveroo.

En arrivant vers le pont, je vois le vieux, celui avec le béret à carreaux qui épate les touristes en faisant des câlins aux moineaux et pigeons, je le croise tous les jours. Il est seul aujourd'hui, l'air vraiment déçu à piétiner près de la cathédrale, même les oiseaux sont absents, je passe devant lui et on se fait un signe. Le pont au Double menant vers les boîtes est parfaitement désert, personne sur les bancs humides.

Sur le trottoir, à l'autre extrémité, c'est rempli de gens qui vont quelque part. Je me noie dans le passage piéton avec eux, on marche en silence sous le bruit des moteurs immobiles.

Je trouve contre un couvercle des boîtes un caddie de supermarché rempli de vêtements, de radios, de chaussures, d'objets divers. Y est attaché par une laisse au siège enfant un gros chien fatigué, il tremble de froid et d'eau. J'ai un peu mal au ventre à cause de l'odeur quand je m'approche. Je regarde autour de moi, personne, j'inspecte l'intérieur du caddie et voit une moumoute qui bouge sur le dessus, ça ressemble à un boa de grand-mère avec des yeux. Je le tâte pour voir, c'est un petit roquet transi, plein de nœuds et de crasse. En dessous de lui, un lapin dans une cage, les oreilles collées à son dos.

Le gros chien se met contre moi. Je ne peux pas les

laisser sous la pluie. À force de scruter les environs je distingue une silhouette sous les arcades de l'immeuble en face, calée contre un mur. Entre nous, les voitures.

— Hé ! je crie.

C'est une fille, elle tourne un peu la tête, mais ne me voit pas.

— HOOOOO ! J'agite les bras.

Elle se redresse.

— Quoi ?

— C'est vos affaires ?

Elle crie « NAN ! C'est ses affaires à lui cet enfoiré ! » en montrant la masse informe sur une autre marche pas très loin. Elle lui jette une cannette vide et il grogne.

— Il peut pas venir les chercher ?

— C'est mort ! Moi j'en veux plus chez moi de ses merdes ! Elle tend le bras vers un autre caddie juste à côté d'elle. Ça, bichette, c'est mes affaires !

— EUARH ! crie le bonhomme qui se retourne.

— Toute façon c'est un déchet ! T'entends Denis ? T'entends crevard ? C'EST FINI ENTRE NOUS ! JE TE QUITTE ! Elle lui balance une autre cannette en pleine tête. Je t'aimerai plus jamais t'as tout gâché !

Je m'accroupis près du chien qui tremble, je veux le réchauffer mais il sent le vomi et la merde, j'arrive pas vraiment à le toucher, ça me plairait beaucoup de le foutre dans un bain puis sur un gros coussin mou.

Je pousse le caddie, le gros chien, le lapin et le roquet-paillasson vers la planque des deux clochards de l'autre côté de la route. Les gouttes d'eau font leur chemin sur mes joues. La pyramide de choses en déséquilibre menace de s'écrouler à chaque pas alors j'y vais tout doucement pour ne rien perdre.

Je m'arrête au passage piéton et sens le regard des passants. Ça va je pense, c'est juste un caddie, c'est pas un drame non plus. C'est vrai qu'on n'a pas envie d'y mettre nos mains dans les affaires des clochards. Parce que c'est poisseux, ça sent mauvais, parce que personne ne veut voir de près à quel point c'est sale et malheureux chez les autres parfois.

— Mademoiselle.

Une dame, la quarantaine, me rejoint, je me rends bien compte qu'elle garde la bouche entrouverte pour ne pas avoir à respirer par le nez.

— Ça va ? Vous avez pas trop froid ?

— Bah non, je dis.

— Attendez, elle fouille dans son sac à main et sort deux tickets-restaurant qu'elle me tend. Vous êtes trop jeune hein ! Vous avez un endroit pour dormir ?

— Oui oui..., je prends les tickets. Euh merci...

— Bon.

Elle pose sa main sur mon épaule et sourit, la bouche toujours ouverte.

Le feu passe au vert et le lapin fait un bond dans sa cage, se cogne contre les parois quand je m'ébranle avec les affaires.

Les tickets-restaurant ça me permettrait d'aller manger, de faire des courses, mais en avançant vers les arcades, je me dis qu'en même temps, si je les garde pour moi, ça va me faire des cauchemars et de la paralysie du sommeil à cause de la mauvaise conscience.

Quand j'arrive, la fille m'observe en souriant du côté droit de sa bouche.

— Alors ça fait quoi d'être un clodo ?

— Super.

— Tu bois un coup ?

— Nan ça va merci, tu t'appelles comment ?

— Nathalie65.

— Hein ?

— C'est mon blaze !

— C'est ton ancien pseudo MSN ou quoi ?

Elle se marre, son visage est rouge de froid, de sécheresse, les joues rondes et lisses, un bonnet à pompons en grosse laine sur ses cheveux frisés couvre une frange baladeuse. La bouteille de rouge entre ses jambes est tout juste entamée. Elle porte de grosses bottes qui seraient parfaitement chaudes sans les trous.

— Tu peux pas le foutre ailleurs son caddie ? elle me demande. Moi j'en peux plus de ce boulet, il est dégueulasse ! Non mais regarde-le franchement… Meuf je suis sérieuse il va jamais dégager…

— Ouais, mais le chien il a froid et y a pas d'autres abris, pourquoi vous êtes fâchés ?

— Ce bâtard m'a chouré mon casse-croûte hier soir ! Il fait des tas de promesses et après il m'affame ! Tous pareils. T'entends Denis ?!

L'autre se redresse, hébété, et regarde autour de lui. Il tend le bras vers Nathalie65 pour la bouteille, elle le repousse.

— Non, mais tu vois ! elle me dit. Il est pété comme un coing il sert à rien ! J'en peux plus.

— Ouais, mais moi je pouvais pas laisser les chiens sous la pluie, je dis.

— Rien à foutre, je préfère les chats de toute façon.

Mes épaules s'affaissent un peu.

— Bon moi faut que j'aille travailler.

— Ouais bah salut, elle répond sèchement.

J'hésite un peu puis lui donne les tickets-restaurant.

— On m'a donné ça pour toi.

— Vingt-cinq euros ! Putain, t'es meilleure que moi pour faire la manche !

— La chance du débutant…

— Nan ! Rien à voir copine ! T'as vu ta tronche ? C'est juste que tu fais pitié.

Je règle l'ouverture des couvercles et des auvents sur le mode pluie, plus bas et jetant plus de profondeur sur le trottoir. Installe de grandes joues en métal sur les côtés des boîtes et bâche encore autour pour que la pluie ne s'infiltre pas, n'atteigne pas les livres. C'est long, l'humidité s'installe doucement au travers de mes vêtements. Au bout d'une heure j'ai vraiment froid, le vent change de sens et je réoriente les bâches de l'autre côté, c'est toute une affaire.

J'ai ma respiration qui se dérègle, encore, le rebond dans la poitrine, celui qui donne une impulsion enthousiaste à la prochaine inspiration, ne se fait plus.

Je vois le cabinet d'avocats, le fauteuil de bureau, le radiateur à côté, un petit ordinateur, un téléphone, un café, de jolis habits d'hôtesse d'accueil. Autour de moi tout est propre et entrent par la grande porte des gens heureux qui sentent bon, ils disent bonjour, m'apportent un donut comme dans les films. Et moi dans le giron de Phone Régie, je suis quelqu'un. Tout doucement j'ai peur.

À quatorze heures je n'ai rien vendu et sens que si j'y mettais un peu du mien je pourrais pleurer. Finalement, une silhouette épaisse, un petit monticule se profile à l'horizon et Catherine vient se réfugier sous mes auvents. Je l'embrasse, elle n'en pouvait plus de rester chez elle à tourner en rond, elle me demande si ça me fait ça à moi, et je lui réponds que oui. Elle dit qu'elle sera seule pour Noël. Pour la première fois ses enfants ne reviennent pas en France. C'est parce qu'elle n'est rien d'autre qu'une emmerdeuse et personne ne l'aime, elle le dit.

Je ne peux plus travailler. Pour l'instant, ce n'est plus assez rentable. Bokné me l'a dit hier soir. Il pense que je suis cinglée d'y aller sous la pluie. Il perd de l'argent, il ne peut pas continuer à me donner 30 euros par jour sans rien gagner pour lui. Il est désolé, il a essayé de me le dire plus tôt, ne savait pas comment faire.

Je ne sais plus où me mettre. Je tourne en rond dans ma chambre, je n'arrive plus à lire, j'ai l'impression d'être dans un petit cube en murs, d'aller et venir pour rien entre ici et le cinéma. Il fait moche, Paris est désespérément grise et sale.

La panique monte en moi, il m'est impossible de réfléchir, c'est la fin du mois de novembre et je n'ai que la moitié du loyer. Je cherche vainement quelques billets, retourne les paquets de pâtes, les chaussettes, passe la main entre les pulls, fais toutes les poches possibles. Alors que je le sais très bien, je n'y trouverai rien. Je suis définitivement fauchée, je suis coincée. Demain il faut payer. Je n'ai pas le choix.

Ça va très vite. On est samedi, cinq heures du matin, je remplis mes sacs de voyage, toutes mes affaires. J'affronte une dernière fois les toilettes trempées. De l'eau y roule depuis partout autour de moi et j'en sors avec l'impression d'être tombée dans une rivière tout habillée.

En partant, j'ai un dernier regard pour la télévision cassée. Sur le lit, 100 euros dans une enveloppe, tout ce qu'il me reste en liquide. Avec la caution, ça ira.

La force me manque un peu pour transporter mes affaires. J'ai laissé derrière moi une partie de mes livres. En haut de la pile, *Lumière d'août*, sur la couverture j'ai collé un post-it avec écrit : « Pour Aziz ».

Le vieux Louis ronfle dans son hall, on peut l'entendre depuis le premier étage. Je franchis le rez-de-chaussée à pas de loup, laissant les clefs sur la table de camping.

Milena fume. Elle est adossée contre la devanture des Mimosas, ses grands yeux noirs posés sur moi. Je laisse tomber mes sacs par terre, je veux lui expliquer, j'essaie de dire quelque chose, à propos de la caution, l'argent, je ne suis pas une voleuse, tout est en règle. Elle va faire un scandale. Réveiller tout le monde. Mais non, elle se contente d'un geste pour me faire taire :

— Tu vas où ? elle demande.

— …

— Quel quartier ?

— Montparnasse, je dis.

— C'est trop lourd tes valises, je vais chercher la voiture.

Elle écrase sa cigarette et me plante là.

La voiture de Milena est un Kangoo gris sombre, une fourrure léopard jaune fluo recouvre le volant. Elle a collé à la glue des figurines un peu partout sur le tableau de bord, par les pieds, le capitaine Haddock et sa pipe sont parfaitement à l'horizontale au niveau de l'airbag, plus loin, Titi et Grosminet, Taz, un Pokémon et d'autres encore. La décoration est si travaillée qu'on sait qu'elle doit y passer du temps dans sa voiture. Je détaille tout, je cherche mes mots.

— Merci de m'emmener, je finis par dire.

— Je dors pas la nuit de toute façon.

Elle rallume une cigarette et baisse la vitre, nous descendons jusqu'à la rue Ordener, Paris est froide, je me recroqueville sur mon siège.

— Pour l'argent, j'ai laissé des sous dans la chambre, et avec la caution c'est bon hein.

— C'est pas mon problème, elle dit, par contre j'aimerais bien savoir où tu vas.

— Chez mes grands-parents.

— D'accord, et après tu as de quoi rebondir ?

— Je sais pas.

— Ils t'aident un peu ?

— Non.

— Et tes parents ?

— J'ai refusé.

— Accepte.

— Pourquoi ?

— Parce qu'il faut prendre les mains tendues quand il y en a, tu auras ta liberté plus tard, moi je me suis mariée pour m'en sortir, c'était pas la même génération.

— Mais vous avez quel âge ?

— Soixante-cinq ans.

On roule en silence jusqu'à la gare Montparnasse. Elle crie salut et redémarre, me laisse là. Je sais que je ne la verrai plus jamais.

Onze heures du matin, gare de Chinon. J'ai dépensé 80 euros pour le train, je n'arrive pas à joindre les vieux alors j'appelle un taxi, 20 euros encore.

Au portail, Galadriel, le berger allemand, me fait une grande fête, ses pattes boueuses sur mon blouson. Je descends vers le petit salon, ouvre la porte-fenêtre.

Les volets sont clos, il y a une odeur lourde de cigarette et de renfermé. Jacqueline est là dans son fauteuil, les lumières allumées comme en pleine nuit. Elle me regarde l'air ahuri.

— Vous répondez pas au téléphone, je dis au milieu du silence.

— Ben ça c'est une surprise ma petite fille ! pile-poil avant le déjeuner ! y a que l'estomac qui compte.

Elle me fait un grand sourire arraché :

— Tu veux un verre ?

— Il est où Jean-Claude ?

— Il est crevé, il dort.

— À midi ?

Je ressors, c'est plus court pour accéder à ma chambre de passer par le jardin, il est comme la piste du cirque dont la maison serait le public. Elle s'enroule autour d'une pelouse sur laquelle s'éparpillent quelques massifs. La fontaine avec effets lumières et réverbérations bleutées dans tous les sens s'est transformée en mare à poissons, l'eau est devenue opaque et verte, y flottent feuilles mortes et branches d'après tempête. J'en retire quelques-unes. La table de jardin, celle des déjeuners du dimanche midi, n'a pas été rentrée cette année, elle se couvre de mousse et noircit dans les rainures. Et c'est un désert de boue retournée par le chien que je contourne pour atteindre le petit escalier extérieur menant à ma chambre. Tout doit être à peu près comme ça depuis longtemps, mais je ne sais pas, je ne m'étais pas vraiment rendu compte. Je passe la porte.

C'est une grande mezzanine, elle n'a que trois murs, une rambarde protège du vide en dessous d'elle. Elle est accrochée au plafond en pierre, comme un cocon à sa branche. De petites araignées courent un peu partout, tissent leurs toiles sur les arches. J'ai grandi incrustée dans un rocher, sous des tonnes de pierre. Rien n'a changé, tout a changé. Il y a quelque chose de mort ici, ça me saute aux yeux.

Je m'assois sur le lit, je me réhabitue, retrouve ma chambre d'enfant. Toutes ces choses autour de moi. Peluches, Céline Dion, posters de poneys, bang du lycée, cartes d'anniversaire tour Eiffel agglutinées au mur, dauphins en porcelaine qui brille, photos de classe, Lego, peau de mouton, cheval à bascule, photo de Gandalf…

Je suis face au lapin bleu. La peluche me regarde de ses

yeux qui ont l'air d'avoir à moitié brûlé. Il est minuscule et tient dans une main. Je me souviens très bien d'avoir pu l'entourer de mes deux bras pour dormir.

Maintenant je suis une grande fille, mais il y a ce lapin bleu.

J'entends des pas lourds dans l'escalier, la porte de ma chambre finit par s'ouvrir.

Jacqueline dodeline sur le seuil, l'œil torve, elle traîne ses savates et se laisse tomber sur le lit. Une caricature engoncée dans un tas de fripes grand luxe, topaze au doigt de la couleur de son whisky qu'elle tète, tachant ma housse de couette. Je la regarde en retroussant les lèvres, elle toussote et me renvoie son sale sourire.

— Tu vas rester longtemps ?

— Juste le temps de savoir où je vais aller.

— On en a encore pour une belle année alors !

Je ne réponds pas, je reste un moment à la regarder sans savoir quoi faire. Je revois ma mère.

Et soudain ça me projette. Un violent coup dans l'iris qui remonte au cerveau, moi dans quarante ans assise à sa place, à leur place, dans les mêmes vêtements et le même état. Méchante et ivrogne.

— J'ai faim, je dis.

Je passe devant elle, et sors, elle me suit dans le petit escalier, je longe la maison vers la cuisine, j'y entre et elle reste sur le seuil.

— Ça va tu te soucies pas beaucoup de nous ! elle lance quand j'ouvre le frigo.

Il s'en dégage une odeur d'aliments qui ont coulé, qui se sont légèrement incrustés, il est vide :

— Mais c'est dégueulasse ici ! je dis en me retournant vers elle, tu te fous du monde !

La vaisselle déborde jusque sur les plaques électriques, il y a des tas d'assiettes, de verres, de tasses. Tout est gras, j'aperçois des casseroles irrécupérables. La poubelle à verre déborde. Et ma grand-mère se tait, elle me regarde fixement.

— Pourquoi c'est dans cet état ?! je m'énerve.

— Tu nous appelles jamais ! tu viens jamais !

— Jacqueline, merde ! c'est toi qui m'appelles jamais, sauf quand tu veux des nouvelles de ma mère, puis t'es tout le temps bourrée ! Non mais regarde ! Regarde-moi ça ! je crie en faisant un geste vers l'évier. De quoi tu veux qu'on se parle ? T'as vu l'état de la maison ? Tout est immonde ! dégueulasse ! c'est quoi ? qu'est-ce que tu fous ?! Qu'est-ce qu'il branle l'autre à dormir à midi ?

— Il a son traitement ! Ça le casse, ça a recommencé le mois dernier ! J'attends qu'ils baissent les doses ! J'attends que ça s'arrête, mais ils disent qu'il est pas prêt ces enfoirés de médecins.

— Faut que tu te reprennes.

— Pour quoi faire ? Je fais tout toute seule, je suis toute seule ! ça sert à quoi ? Toi tu t'en vas quand c'est la galère et tu reviens pomper la banque parce que tu t'es foutue dans le pétrin ! Tu t'en fous de nous ! t'es qu'une sale égoïste, une enfant gâtée !

— Moi ?! C'est qui les égoïstes dans cette famille de merde où personne s'occupe de personne et du coup tout le monde est déglingué ?! Tu t'es regardée comment t'es méchante et foireuse ? Tiens regarde ça vieille peau !

Je lui arrache sa bouteille des mains et la fracasse au-dessus de nos têtes contre la voûte du plafond.

Il y a un long moment qui passe, on a du verre dans les cheveux, ils sont collés au whisky, Galadriel jappe dehors.

— T'aurais pas pu la foutre par terre plutôt ? dit ma grand-mère, sa cigarette trempée au bout des doigts.

— L'idée m'est pas venue.

Un moment passe, je sais pas par où commencer.

« Bon » je finis par dire, « ce serait bien qu'on nettoie un peu quand même. »

« Ouais » répond Jacqueline.

Il y a énormément de vaisselle éparpillée dans la maison. Je mets tout à tremper dans la baignoire, pendant une heure. Et au fur et à mesure que je nettoie le sol, les tables, la cuisine, Jacqueline reprend ses esprits, elle se met en branle. On fait une chaîne pour laver-ranger, je remplis des bassines de vaisselle propre qu'elle emporte vers le buffet, elle est très lente mais elle participe. C'est pas grave. Après elle fait une sieste et moi je continue. En fin de journée je décide qu'on va faire des courses. C'est une expédition, je comprends qu'elle ne sort vraiment jamais à la façon dont elle se pomponne pour aller chez Leclerc à Chinon. Ça m'agace mais je l'attends, je sais que ça lui fait plaisir d'avoir l'air un peu chic.

Dans les rayons elle n'en mène pas large, je sens bien qu'elle commence à diminuer, à perdre des bouts d'elle-même. J'essaie de choisir des aliments sains, des fruits et des légumes qui ne prennent pas de temps à cuisiner, et puis des trucs agréables.

La maison est grande ouverte, toutes les portes et les fenêtres, elle respire enfin quand on revient.

Jean-Claude erre au milieu du salon comme un fantôme, il tremble, il me dit bonjour d'un air content, il me regarde à peine, il remonte se coucher.

Jacqueline se met à sourire quand on prépare son dîner, elle aime bien faire le roux pour la béchamel du soir, c'est vrai que c'est magique, de partir avec un petit tas de farine et de beurre fondu dans la casserole qui ne ressemble à rien, de voir monter cette chose onctueuse et douce, d'y noyer la muscade. Je sors une assiette et des couverts pour elle, et pour moi, une tasse. Je me fais chauffer de l'eau, attrape un sachet de thé. Est-ce qu'un jour je pourrai manger le soir ? En mettant ses quenelles au four je la vois un peu heureuse, ça me détruit le cœur.

— T'as compris que tu ne peux pas rester ici, elle me dit quand on est à table.

— Oui.

— Tu peux pas fuir d'un endroit à l'autre, tu dois persévérer à Paris.

— Pourquoi ?

— Parce que là-bas, moi aussi j'y étais, c'est formidable, c'est une ville pour être jeune. Moi j'y ai été jeune.

— J'ai pas une tune pour repartir.

— Je vais t'en donner un peu. Tu peux reprendre une chambre à ton hôtel ?

— Oui, je mens.

— Bon alors je te file de quoi rentrer et bouffer un peu, tu m'as remis l'esprit en place, profites-en ça va peut-être pas durer, j'ai plus la force pour ça. Tu pars demain.

Bokné m'attend devant son immeuble, m'aide à monter mes affaires et sort une bière. « Tu restes autant que tu veux » il dit en dépliant le canapé du salon. Il fait des frites à la mayonnaise maison, je sais que ça ne passera jamais mais je les mange quand même parce que j'ai faim. Après je vomis. L'angoisse.

L'appartement, c'est trois types en caleçon, pétard à la bouche, vissés sur la PS4 du salon, là où je dors. Dans un bocal étroit, un poisson combattant replet fait des rondes interminables, un briquet est tombé ou a été volontairement jeté dans son eau, il flotte comme un radeau perdu.

J'ai rapporté de Touraine trois grands sacs de voyage pleins de souvenirs et de jouets qui ne serviront plus jamais à rien. Mais je me sens bien de les avoir.

Vers trois heures du matin je m'écroule et Bokné envoie ses colocataires au lit, me borde, éteint la lumière et ferme la porte.

Le matin, on reste assis deux bonnes heures à ne rien faire. Il est triste, Alice est partie, elle a dit qu'elle avait une vie « trop compliquée en ce moment et que son ex… ». Zonebbu me laisse des messages d'amour en plats préparés, des supplications frustrées, des textos de quinze lignes, de trois mots, finalement il m'a reproché sa propre existence. Je crois que je me sens mieux qu'à l'hôtel sur le canapé de Bokné.

— Je comprends pas ce que t'es allée foutre en Touraine cousine, pourquoi tu m'as pas téléphoné tout de suite ? T'avais l'intention de pas revenir ?

— Je sais pas, tu veux plus de moi sur les quais, puis je prends trop de place.

— Meuf ! Ça n'a rien à voir, il faut qu'on discute, il y a eu des changements dans ma vie…

— Tu vas arrêter les quais.

Silence. Sur le gaz chauffe une grosse marmite pleine de légumes que mon cousin est allé acheter pour moi au marché.

— J'ai envie de partir, il finit par dire, enfin je vais partir. Y a un mois j'ai envoyé un dossier de candidature à Sea Shepherd sans trop y croire, et ils m'ont retenu. Ils me proposent un départ en mission à la mi-janvier, je peux pas laisser passer l'occasion, au début j'hésitais parce qu'il y avait Alice, mais maintenant… C'est contre la pêche électrique.

— Tu vas partir en pleine mer ?

— J'ai une formation de plus d'un mois à quai d'abord, sur les bateaux.

— Toujours des quais.

— Ouais… bon mais sérieusement, dit Bokné, tu ne vas pas supporter longtemps la vie sur le canapé, puis moi, je vais bientôt m'en aller. Tu voudrais pas réfléchir à un moyen pour prendre un vrai appartement ?

— Je ne sais pas, je reprends ta chambre ?

— On a déjà un pote sur le coup… et ta mère t'avait pas proposé de l'aide ?

— J'ai refusé et d'ailleurs t'es pas obligé de raconter toute ma vie à tout le monde, que j'habite à l'hôtel ça me regarde, et j'informe qui je veux et j'aime pas qu'on se mêle de mes affaires.

— J'étais inquiet, puis la fois où vous vous êtes vues chez mon père c'était tellement un désastre, je voulais pas laisser les choses comme ça.

— C'est pas ton problème.

— Ouais, rien n'est jamais le problème de personne, il dit d'un air las.

— Ben oui c'est comme ça que ça se passe.

Il grogne, se lève, va remuer les légumes et baisser le feu, coupe de l'ail. Je suis fatiguée, je détricote le fil de fer qui servait à maintenir le bouchon d'une grande bouteille de bière, le transforme en chaise, en animal, en guerrier.

— Mais qu'est-ce que je vais faire alors ? je demande au bout d'un moment.

Le C15 prêté par le père de Bokné s'avance sur la piste cyclable du quai de Montebello et se gare devant les boîtes, retirant aux vélos toute possibilité de circuler. Je suis arrivée il y a une heure déjà, dans mon cabas j'avais emporté une trentaine de grands sacs Monoprix. Je les remplis de livres, écris au feutre sur la toile plastifiée « SF. A-F », « Litt. B-E », « BD. Astérix-Tintin-Bilal », j'ai tout classé par ordre alphabétique et catégories. Pour qu'il s'y retrouve.

Bokné coupe le contact : « C'est le grand jour ! » il lance joyeusement. Et je me force à sourire. Lui et moi on se met à charger la camionnette, les boîtes se vident, ça va très vite. On a même pas le temps de boire un café parce que le camion sur la piste cyclable, ça commence à faire un scandale. Et la police qui passe par là nous demande de dégager la voie tout de suite. Bokné veut leur répondre mais se ravise, il leur sourit, il dit « Oui madame on s'en va », il s'en va.

Je vois son camion plein à craquer s'éloigner vers le feu rouge. « On fête ça ce soir cousine. » Il m'a laissé ses clefs, les adresses des fournisseurs, l'attestation pour la mairie de Paris qui m'autorise à travailler ici. C'est la décision qu'on a prise, Bokné me laisse les boîtes pendant un an, la durée de son voyage pour sauver les poissons, les cétacés. Je suis à mon compte. Je suis totalement libre. C'est allé trop vite, je n'ai pas le temps de réaliser.

Mes livres et leurs gommettes ne remplissent qu'une boîte et demie. C'est beaucoup moins que ce que je pensais. Je n'ai pas vraiment de quoi chiner ni acheter des souvenirs, je ne sais pas par quoi commencer. J'ai l'impression d'avoir été lancée dans le vide.

Bokné a dit qu'un an ça me laisserait le temps de savoir si je veux faire ma demande. « Faire sa demande » sur les quais de Seine, ça veut dire postuler pour devenir un vrai bouquiniste. C'est comme une demande en mariage, c'est se lier à la vie à la mort aux trottoirs et aux livres, jurer fidélité à la caste des marginaux, des indépendants, des individualistes, des solitaires, des ensevelis sous la foule, de ceux qui paient cher la liberté. Bouquiniste, c'est devenir un élément du décor. Immuable.

Je suis livrée à moi-même, submergée par la quantité de choses qu'il faudrait faire, ça ne ressemble plus à rien, il faut tout construire. Je nettoie la poussière noire de Paris accumulée sous les livres pendant des mois. Le fond des coffres est brun, petit à petit, tandis que je lave à l'eau, il redevient rouge pétant, qui brille. J'ai les mains sales.

Bokné dit qu'il faut que je réaménage, c'est important que ça devienne un peu chez moi. Je vais les repeindre en bleu, un bleu profond dans lequel je pourrai me noyer, je trouverai la couleur, je ferai le mélange moi-même.

Personne d'autre n'aura jamais une couleur comme celle-là, je la vois, il y a du vert à l'intérieur, on ne le perçoit pas tout de suite, il faut le deviner. Je m'imagine les gens passant devant, ils diront « Ah ! que c'est beau ce bleu, c'est chez vous ? » et pour la première fois de ma vie je pourrai répondre « Oui, c'est chez moi, c'est à moi ».

Est-ce que je vais y arriver ?

Deux semaines de mauvais temps sont passées, le froid, les matins bleus où mes doigts se sont mis à rougir, et la peau, par endroits, s'en est allée, formant de petites lignes brûlantes. Des crevasses. Des éraflures de novembre. J'oscille dehors, entre cinq et dix degrés.

Préparer les boîtes pour soi-même c'est très long, j'ignorais, tout est en chantier, je ne peux me poser nulle part, il faut attendre le printemps pour peindre. Baptiste m'a offert deux caisses de livres, « des choses pas forcément extraordinaires mais c'est le début, il faut les meubler Soizic, donner du volume ».

J'ai fait semblant sur le canapé du salon de chercher un appartement. J'ai mimé des recherches infructueuses avec une gueule de bois constante. Je joue la comédie et je sais très bien que je ne peux pas tromper mon cousin. Il me regarde vivre, errer. Il écrit tout le temps sur la petite table de la cuisine, planifie son voyage entre les cendriers.

J'ai rendez-vous avec Catherine quelque part rive gauche. Elle a fait tout un tas de mystères et m'a communiqué une station de métro en me faisant jurer de ne rien dire à personne.

Sur le trajet je reçois quantité de coups de téléphone de l'hôtel, je n'ouvre plus mon courriel parce qu'ils m'écrivent aussi. Enfin je pense que c'est Aziz plus que les autres. Je bloque leur numéro, vieux réflexe. N'ai jamais écouté les messages parce que ça m'effrayait. Je suis une personne très lâche.

« T'as l'air claquée Soizic », me dit Catherine en marchant dans la rue.

Oui, chez Bokné, il y a plusieurs canapés, le soir on les déplie tous et le salon n'est plus qu'un immense matelas interrompu par la table basse et la télé. Les amis et leurs amis viennent, chaque jour je vois des têtes différentes, la pièce se transforme en aquarium géant, Bokné se met des races à n'en plus pouvoir et je m'endors souvent la première au milieu de la fête. Le matin, quand je m'éveille, il reste deux ou trois types ronflant à côté de moi. Ils se sont oubliés là. Je les enjambe pour aller ouvrir la fenêtre.

C'est fatigant, ça commence à être clair dans mon esprit. Qu'il me faut une vraie maison comme tout le monde. Pour faire les choses un peu normalement. Un chez-soi. Les boîtes ça suffit pas, on ne peut pas dormir dedans, techniquement si mais bon. Je ne peux pas non plus être à l'hôtel ni sur le canapé.

Et si les choses étaient autrement, si l'on n'était pas obligés, pour bien vivre, d'avoir les portes fermées cochères à codes, à bips. Ce serait si simple. Ils sont fous. Alors qu'on est toujours dedans, on est toujours dedans à Paris. C'est une grande boîte, une maison sans toit, on est à l'extérieur seulement quand on la quitte par de multiples sas. Un périphérique et autour l'enfer, des barres d'immeubles. Derrière il y a des forêts amputées, des champs affreux, des routes, des usines, des zones industrielles. Il faut encore rouler, glisser sur les rails jusque si tard pour trouver un lac, un bois profond, un bras de rivière oublié. Même la Loire asséchée et ses sables mouvants, ses centrales nucléaires, ses silures, on est dedans. On a construit un monde où l'on est dedans partout et, parfois, à cause d'un égarement, enfin on se retrouve dehors. Dehors pour quelques kilomètres où il n'y a rien des gens, seulement l'extérieur sans meubles et sans papier peint.

Alors le toit, la clef, c'est pour se protéger des autres et de la pluie parce qu'on n'aime pas être mouillés comme les poissons. Je pourrais bien vivre dehors sans les autres et sans pluie, ce serait gratuit, je pourrais penser, mais alors il faudrait manger des cailloux puisque tout serait sec, il n'y aurait rien à faire puisque les autres n'existeraient pas.

L'adresse du plan secret de Catherine fait l'angle d'un immeuble, il est protégé par quelques massifs déserts en cette saison. Un bouquiniste d'intérieur, des livres éparpillés dans la vitrine sans volonté esthétique. On n'y voit rien, tout s'entasse dans des bacs, des caisses en plastique, de grandes bibliothèques en métal remplissent les murs. Je ne vois pas de cohérence dans l'agencement du magasin, le rangement.

Le libraire est perdu entre ses tas de livres, du sol au plafond, il ne dit pas un mot, il est chauve, noueux. Nous sort de sa réserve en sous-sol deux cartons qu'il ouvre au cutter.

— C'est bon pour toi ? il dit à Catherine en se relevant.

— Tu les as en anglais ?

— Grand format seulement, 3 euros pièce.

— C'est parfait.

Dans les cartons, des dizaines de *Petit Prince*, neufs, en parfait état, la denrée rare, l'introuvable, le si difficile à obtenir en chinant. Les touristes, eux, le veulent tous les jours pour l'emporter à l'autre bout du monde, en français, en anglais, en n'importe quoi et de n'importe quelle taille. Moi, depuis que je fais les Emmaüs et les vide-greniers, depuis le tout début de ma carrière qui remonte à six mois, j'en ai jamais trouvé un seul, c'est toujours mon cousin qui les ramenait de temps en temps, d'on ne sait où.

— Ils viennent d'où ? je demande à Catherine.

— Tombés du camion. On va te prendre les deux cartons elle dit au libraire.

Je remplis nos deux cabas pendant qu'elle sort de sa poche une liasse de billets rouges. Le libraire les récupère, 300 euros ça fait cent *Petit Prince.* « La jeune fille reviendra régulièrement, j'espère que vous saurez continuer à travailler avec elle » dit Catherine à l'homme d'une façon un peu trop solennelle, il opine en rangeant son cutter, il me sourit vaguement. Nous sortons.

On s'assoit en terrasse pour un café :

— Bon, Soizic, ce plan-là il est précieux, grâce à lui, je suis tranquille depuis une bonne dizaine d'années question *Petit Prince.* Il faut jamais le communiquer à personne, c'est secret compris ? Et tu dis rien à ton imbécile de cousin même quand il reviendra de son voyage à la con, tu te poses pas trop de questions sur la provenance, et par précaution, jamais tu n'utilises ta carte bleue, que du cash.

— Promis.

— On partage la marchandise en deux, et pour aujourd'hui, vu que c'est la première fois et que je sais que tu es fauchée, je te fais cadeau du lot, toi et moi, on est tranquilles pour un mois avec ça.

— Je sais pas comment te remercier…

— Bah c'est pas la peine ma chérie, ça, c'est en contrepartie du fait qu'à partir de maintenant tu prendras livraison pour nous deux à chaque fois, tu te chargeras des transports sur le quai. Il y a pas que les *Petit Prince*, y a aussi les Jules Verne et les *Harry Potter*, neufs pareil, 2 euros pièce. Donc parfois c'est lourd il faut prendre le taxi.

— Ah ouais…

— Et bien sûr tu paieras le taxi.

— Rien n'est gratuit.

— Non, la vie c'est comme ça, dit Catherine, mais en même temps, moi, d'ici deux ans j'arrête tout, j'ai trop mal au dos, et partout d'ailleurs. Si mes enfants restent au Canada, peut-être que moi aussi j'irai là-bas. J'aime bien la neige.

— Moi aussi dans deux ans je serai partie…, je dis.

— Je pense pas, répond Catherine, je crois que t'aimes un peu trop ça.

Et pour la première fois depuis que je la connais, sans aucune raison apparente, elle plisse les yeux et se met à rire.

Je suis épuisée. Dormir ne me repose pas, ne rien faire non plus. En me réveillant j'ai des idées noires, je vois tout de travers, je ressasse. Jacqueline dans sa maison toute seule qui ne veut plus vivre et plus penser, pendant que Jean-Claude brûle et se consume. J'exagère le tragique de l'histoire, je ne peux pas m'en empêcher. Je sais maintenant que je ne peux rien faire. C'est affreux quand on prend conscience qu'on doit laisser les autres se débrouiller, on ne peut pas agir à leur place, on ne peut pas les sauver. Ça doit être ça grandir. Mes pensées se figent sur un caillou au milieu de l'océan, elles se prennent les vagues, s'accrochent quand même. Bloquées.

J'ouvre mes boîtes presque vides malgré les cadeaux de Baptiste et Catherine, je les remplis avec parcimonie en fonction de ce que proposent les courtiers. À une braderie de charité j'achète un lot de cent cinquante livres, mais tout part très vite. En général je gagne à peine 30 euros, pas de quoi faire des commandes de cartes postales. Les présentoirs que m'a laissés mon cousin sont posés sous les boîtes.

Chez Bokné c'est la fête tout le temps et ce n'est plus la

fête du tout. Je me lève, mets la douche en route, me lave en sachant que ça ne sert à rien, je me sens sale.

Une bière a été renversée sur le tas de très jolis livres de poche des années 60 que je viens d'acheter, ils sont irrécupérables. Je vois bien le gros lard qui a fait ça. Il est endormi juste à côté. Hier il faisait déjà n'importe quoi et ça giclait sur les draps. Vingt euros de livres. J'attrape un verre rempli de mégots et d'alcool, je vais le lui renverser sur sa face molle, pour qu'il apprenne. Je reste en suspens au-dessus de sa tête et puis renonce, le repose sur la table. Je regarde autour de moi, ça ne peut pas continuer comme ça.

127, rue de Grenelle. J'ai trouvé l'adresse très facilement sur Internet. J'ai pris le métro en tâchant de ne pas trop réfléchir, sur un coup de tête, si j'avais attendu et pensé je n'aurais jamais eu le courage.

Je descends à la station Varenne. Il est dix heures du matin.

Je marche d'un pas rapide, longe le ministère du Travail. Le bâtiment est invisible, entouré de murs qui sont des remparts. Derrière il semble y avoir un parc. Et s'ils ne me laissent pas entrer ? Ils ne me laisseront pas entrer, on sait comment ils sont les organes du pouvoir. Fermés, je ferai un scandale.

Je m'arrête devant une porte immense, je ne sais pas trop comment m'y prendre. La ministre se cache quelque part à l'intérieur et ma mère est dans la cuisine. Je suis traversée par un drôle de frisson. Et si tout ça est un mensonge ? C'est quand même particulier comme métier et comme adresse, ça sent l'escroquerie, depuis le début je doute après tout. Il se pourrait que ce soit un mensonge pour que je ne sache pas qu'elle croupit au RSA quelque part. Et peut-être qu'elle ment à tout le monde, elle mène une double vie, fausses fiches de paie à l'appui. C'est comme ça qu'on est dans la famille j'ai remarqué. Ou bien c'est simplement moi qui ai parfois un rapport étrange avec la vérité. Et même si tout est vrai, comment je peux être sûre qu'elle travaille aujourd'hui ? Je ne peux jamais rien faire normalement.

Je finis par m'apercevoir qu'un vigile sur ma droite me fait signe. Il est devant une toute petite porte un peu plus loin, elle semble avoir été creusée dans la façade.

— Bonjour, il dit, c'est ici l'entrée.

— Ouais, bonjour.

Je le rejoins.

— Vous avez rendez-vous ? il demande.

— C'est pour voir quelqu'un.

— Qui ?

— Camille Coste ?

— Ah la cuistot !

Tout est vrai, c'est très bien. Le talkie à sa ceinture grésille, une voix aiguë crie dedans « Delta golf pour golf 3, c'est quoi ? », l'agent prend l'appareil et le met contre sa bouche, « C'est pour voir madame Coste, chef ! », quelques secondes de réflexion, « OK ! » crie la voix, et ça me fait sursauter.

Il me sourit, appuie sur un bouton, cède le passage.

L'intérieur est un sas fermé, je reste plantée, regardant autour de moi. Un arum, deux vigiles, une table et, tout au fond à droite, une hôtesse enfermée derrière une vitre blindée, sirène dans son aquarium. J'ai les mains moites, je veux ressortir.

Elle va se moquer de moi, elle aura changé d'avis, elle va me dire de partir devant tout le monde, ou bien elle ne viendra tout simplement pas. Elle m'ignorera, elle restera cachée, elle fera semblant de ne pas être là aujourd'hui, tout le monde saura que c'est faux. Je vais finir en plan au milieu de ces gens qui me regarderont d'un air étonné en se demandant ce que ça peut être que cette histoire et ils se diront que c'est bien malheureux tout de même.

Il y a un crissement aigu et tout autour de moi j'entends « Bonjour madame ! », les mots semblent venir du plafond, je lève la tête.

— Je suis là ! dit la voix.

L'hôtesse d'accueil sourit, micro devant la bouche, elle me fait un signe. Je remarque enfin les haut-parleurs au plafond. Elle est brune, menue, visage régulier, l'air tranquille. Je m'avance machinalement vers elle.

— Madame Coste ? Oui elle est là aujourd'hui... Elle fronce les sourcils devant son écran d'ordinateur. Mais je n'ai pas noté de rendez-vous pour elle...

— Non, mais c'est pas un rendez-vous ! je fais brusquement.

— Ah ?

Et comme je ne dis plus rien, elle fronce les sourcils, m'observe attentivement puis au bout d'un moment, après analyse de l'individu en face d'elle, décroche son téléphone :

— Je l'appelle pour vous, je dis que c'est de la part de qui ?

— Soizic.

— Vous pouvez préciser ?

— Soizic Coste.

— Ah vous êtes sa nièce.

— Non sa fille ! je lâche.

— Ah bon ?

— …

Personne ne sait que j'existe. Je m'appuie au comptoir de l'accueil et tente de reprendre mon souffle qui s'est encore bloqué. Je suffoque à l'intérieur, esquisse un sourire dehors. L'hôtesse a recollé le téléphone contre son oreille.

— Madame Coste ? Oui c'est Caroline de l'accueil… Oui ça va et vous ? C'est pour vous dire que votre fille est là…

Long silence. « Oui », elle finit par dire en me regardant un peu perplexe. « D'accord, je transmets, à tout de suite ! » Elle raccroche et me sourit.

— Elle arrive !

— Ah bon !

Après il y a un silence qui s'étale de tout son long, enveloppe le sas en capiton, en camisole, et je ne peux plus m'enfuir.

Elle arrive en coup de vent, poussant la lourde porte-fenêtre qui mène à la cour. Une longue cape noire par-dessus ses vêtements immaculés de cuisinière. Il reste encore une porte entre elle et moi. Elle me regarde longuement. Au bout d'un moment elle se ressaisit et pose son badge sur une petite borne noire accrochée au mur. La porte vitrée qui nous sépare s'ouvre en crissant un peu.

— Entre, elle me dit.

« Delta golf pour golf 1 ! » crie le monstre invisible du talkie, « Il faut donner un badge ! On ne fait pas entrer les gens comme ça ! »

— Ça va Joseph ! elle dit en faisant un signe au plafond. Je me rends compte qu'il y a plusieurs caméras de surveillance là-haut et que la voix du talkie, bedonnante et planquée, un milkshake à la main comme dans les films, nous observe sans doute à travers dix écrans.

— NON ÇA VA PAS, il crie. Y a les procédures !

— Je m'en fous Joseph ! Entre, Soizic !

— Ça va pas se passer comme ça !

— Si t'es pas content t'iras le dire au chef cab' il t'a à la bonne en ce moment !

Silence de mort dans l'appareil.

La grande cape noire vole dans la cour pavée, je marche un peu derrière elle. Le ministère du Travail est un hôtel particulier, très beau, comme l'Élysée à la télé, mais en plus petit et sans tapis rouge. On ne grimpe pas les marches centrales en grande pompe comme doit le faire la ministre chaque matin, on bifurque vers l'aile gauche du bâtiment, elle me fait entrer par une petite porte.

Dans les escaliers étroits et gris, le silence des murs luisants où résonnent deux fois chacun de nos pas, je ne retrouve pas ma respiration, suffoque.

Camille pousse la porte au bout, et ça me saute à la figure, y a du monde en cuisine, ça jacasse et ça coupe des trucs, ça triture des grands bacs sur les meubles en inox impeccables et lustrés. Il y a une odeur de plats d'hiver en sauce, ça crée une impression brève de salle à manger, de chaussons, d'édredon.

— Pause clope ! elle crie au-dessus du brouhaha. Tout le monde dehors ! Vous avez vingt minutes ! Prenez un manteau ça meule !

Les gens s'éparpillent par diverses portes en rigolant, balançant blagues et torchons, en quelques secondes il n'y a plus personne, ça me rappelle la récréation quand j'étais petite.

Elle s'adosse au plan de travail qui est au centre de la pièce, les épaules droites, elle sent toujours l'alcool. Mais c'est rien d'autre que l'état quotidien. On s'observe.

— Je te fais visiter ? elle dit finalement.

Elle se retourne et je la suis. « T'es maigre hein ! » elle lance. Pendant quelques minutes elle montre des appareils, ouvre les tiroirs et parle ustensiles, mais je suis trop occupée à la détailler complètement pour l'écouter. Plus ça va, plus elle parle, elle meuble, s'essouffle.

— Tu veux un Coca ? elle demande à court d'idées.

Elle ouvre un frigo où il n'y a que des boissons et me tend une toute petite cannette rouge que je prends à contrecœur.

— Ouais je sais c'est minuscule, dit-elle. Ils boivent ça comme des shots dans les bureaux… quand tu travailles à contenter la consommation nutritionnelle des autres, tu te rends vite compte que des accros au Coca, y en a partout, c'est une plaie. Chez les prolos et dans les classes du dessus, même tout en haut de l'arbre, plus pernicieux que la clope ce truc. Après y a des cancers du pancréas qui se baladent un peu partout, mais non, on continue de faire campagne pour que t'arrêtes de fumer.

Je reste muette à la regarder et elle finit tout à fait de perdre ses moyens, se gratte le bras nerveusement, je bois une gorgée pour me donner une contenance, elle détourne les yeux.

— Mais comment tu fais pour tenir une cuisine comme ça en ayant picolé ?

— J'ai pas picolé, se défend ma mère.

— Si un peu.

Elle m'observe, son visage s'est fermé, je m'en veux, j'aurais pu me taire, parler de ce pour quoi je suis venue. Mais je n'ai pas pu m'en empêcher, je veux qu'elle sache que je comprends tout. « T'as raison » elle finit par murmurer.

— Est-ce que tu es toujours d'accord pour m'aider ?

Je me force à faire sortir les mots de ma bouche, ils m'arrachent le visage.

— Oui. Oui, oui, bien sûr.

— Il faudrait que je trouve un appartement, j'ai quitté l'hôtel, j'habite chez Bokné, j'ai repris ses boîtes, mais j'arrive pas à joindre les deux bouts. D'ici à deux mois, avec la saison je pourrai payer mon loyer, économiser.

— Tu vas être bouquiniste alors ?

— Je ne sais pas.

— Je vais t'aider, pas de problème.

Après il y a un long silence.

— Pourquoi t'as fait les choses comme ça quand t'es partie ? je dis d'un seul coup. De cette façon ?

Elle ouvre la bouche et inspire doucement, s'y reprend

à plusieurs fois parce que l'air ne passe pas, je sais d'où ça vient maintenant.

— Je voyais pas comment faire autrement. C'était trop, elle expire.

— T'aurais pas pu revenir à des moments ?

— Je suis revenue…

— Une fois !

— …

J'articule difficilement.

— C'était vraiment trop insupportable que j'existe ? Est-ce que tu voulais que je meure ?

Silence. Elle est totalement immobile, ses lèvres arquées vers le bas, ouvre la bouche :

— Je me dis parfois qu'avec un accident, il m'aurait été moins difficile de vivre.

Je vide ma cannette de Coca et la broie entre mes doigts dans un bruit de pluie sur la tôle, il rebondit contre les murs autour.

— Et t'as aucune idée de qui est mon père ?

— Non… je faisais tellement la fête…

Je rigole, elle aussi ça la fait rire. Et puis finalement elle dit :

— Je crois… je crois qu'il y a des chances pour que tu sois un peu mieux réussie que moi. Au bout du compte.

Nous nous sommes effleuré les joues dans le grand hall du ministère qui me ramène à la sortie. Il y a un sapin immense dressé là pour le Noël des enfants des employés.

Je change de ligne à Gare de l'Est pour rejoindre la station République, c'est là qu'on s'est donné rendez-vous. Pour une série de visites.

Et si elle a picolé, et si elle est complètement saoule ? Ou pire, si je ne suis pas exactement certaine qu'elle ait bu, et si les propriétaires s'en aperçoivent et que je me retrouve sans appartement. Les dossiers alcoolisés ça ne fait pas bon effet. Personne n'en veut.

Les moments importants pour les alcoolos, c'est toujours un terrain propice au dérapage. Je sais ça. Je me souviens, la fête de l'école, la chorale du lycée, le récital de piano, les réunions parents-professeurs… je l'ai vécu avec Jacqueline. Pour qu'un proche alcoolo foute en l'air un moment crucial, il suffit de lui dire « Je compte sur toi c'est très important pour moi ».

L'alcoolique détruit tout, il joue aux quilles avec la foule, il casse ses jouets.

Et si elle ne vient pas ?

Elle m'attend près de la statue, au niveau du lion. Je la renifle discrètement quand on se dit bonjour, mais il n'y a rien, pas le plus petit effluve. Elle est clean, ça se voit tout de suite, on dirait même qu'elle n'a pas bu la veille. On se dirige vers le premier appartement et je me dis qu'il faut absolument trouver aujourd'hui, elle ne sera certainement pas si sobrement héroïque deux fois de suite.

Quand on serre la main des propriétaires, j'ai peur qu'ils comprennent immédiatement que cette situation n'est pas normale du tout. Elle et moi on fait semblant. Une dame qui fait la visite d'un petit placard en semi-sous-sol nous dit qu'on se ressemble et Camille invente des blagues de mère à sa fille. J'y fais des réponses de rires et de connivence qui n'existent pas. Il y a un moment où c'est drôle et un autre où j'ai envie de partir en courant. Elle aussi je crois.

Près de la rue Championnet il y a un passage et dans ce passage une cour avec des fleurs et une concierge portugaise.

Deux petits immeubles en brique sont plantés entre les massifs. Au sommet de l'un d'eux, un petit carré chaud de quatorze mètres carrés avec un parquet très clair.

« Ah bah c'est pas mal ! » elle s'exclame en entrant avec la concierge. « Ah oui ! » je dis derrière elles, les yeux rivés sur le grand velux au-dessus du lit qui donne sur le ciel.

— C'est joli et c'est propre, très bien pour une jeune fille comme ça, dit la concierge.

— Très mignon, dit ma mère.

— Par contre votre fille elle touche le plafond avec sa tête, remarque la Portugaise en rigolant comme je m'avance sous les combles.

— C'est vrai c'est infernal d'être aussi grande, tu mesures combien Soizic ?

— Un mètre quatre-vingts.

— La vache.

— Elle tient ça de son père ?

— Sans aucun doute répond Camille, pensive.

C'est vrai qu'arrivée à la moitié de la pièce je ne tiens plus tout à fait droite, mais j'aime être là, j'aime ce ciel si grand et si bleu. Je rêve aux matins où je m'éveillerai, la première chose que je verrai ce sera lui.

Deux jours après j'ai les clefs, Camille a aimé tout de suite elle aussi. Enfin je ne sais pas. En tout cas, après avoir inspecté l'état de la plomberie et du système électrique d'une façon qui m'a semblé totalement paranoïaque elle a signé.

Le propriétaire s'en va et on reste là, assises sur le canapé, à regarder l'endroit.

— Mais qu'est-ce qu'il s'est passé entre les vieux et toi ? je dis au bout d'un moment. Pourquoi vous êtes fâchés ? Pourquoi personne me dit rien ?

Elle se renfrogne. Je renonce :

— Bon, tu sais, ils vont pas très bien, ils vieillissent, ils déclinent.

— Ça fait longtemps qu'ils ont fini de décliner.

— Non mais là c'est pas pareil, peut-être que tu devrais faire quelque chose, y retourner, à un moment ça pourrait être trop tard. Si ça se trouve tu regretteras.

Elle me regarde longtemps et puis se lève.

— Je vais réfléchir, elle dit, je vais réfléchir à ça.

— Tu leur manques beaucoup.

Elle a l'air horripilé. Je ne saurai jamais pourquoi, je n'ose plus rien dire.

Pour fêter le déménagement avec Bokné on fait une soirée pyjama Martini chez moi. Les meubles Ikea sont couleur pastel, dans les bleus et les beiges. Des fleurs petites et colorées ont été dessinées par une fausse main d'enfant sur la housse du canapé-lit et des coussins. « C'est vraiment un appartement de fille » il dit quand j'installe mon énorme et antique cafetière à l'italienne sur la plaque électrique. C'est vrai que les motifs, les couleurs de fille, ça n'a jamais été ma came. Je changerai très vite la décoration, c'est vraiment nunuche. En attendant, ça me donne une impression de chaleur, de propreté qui me manquait depuis des mois. Un peu comme si, au retour d'une fête de l'Humanité pluvieuse, après avoir bu, dansé et dormi dans la boue pendant des jours je rentrais chez mes grands-parents, prenais une douche brûlante et tâtais de tout mon corps la joie des draps frais et des armoires à linge dans lesquelles la femme de ménage a placé des coings et de la lavande.

Avec mon cousin, on a à peine posé mes sacs qu'on comprend qu'il est possible de monter sur le toit en passant par le velux. Alors on prend la bouteille, nos manteaux, et on s'en va inspecter les cheminées et les antennes alentour, c'est la première fois que j'en vois d'aussi près. La pente est légère et on peut marcher sans avoir peur de glisser. Bokné fait des photos de moi sur mon toit mais ça ne donne rien parce qu'il fait nuit, il me les envoie quand même. On s'assoit :

— Soizic, tu sais, c'est bientôt Noël.

— Oui.

— On le fait chez ta mère cette année, je me dis que ce serait sympa que tu sois là.

— Elle ne m'a pas proposé.

— Peut-être qu'elle n'ose pas, appelle-la.

C'est calme, c'est une mer grise de toits d'hiver, immobile et douce, d'où remontent les voix et le crissement des sirènes. Parfois quand le vent tourne, on peut entendre les annonces SNCF de la gare du Nord. Il fait froid et sec, je retire régulièrement mes moufles pour rouler des cigarettes.

À un moment mon cousin dit « Tu te rends compte Soizic, si t'avais pas été là, ça se trouve je serais jamais parti en voyage, j'aurais jamais eu les couilles ».

*

Le matin je suis seule, mes affaires sont éparpillées par terre, ça fait des continents de choses entre lesquelles je pose mes pieds. Je devrais être bien mais j'ai la rage, l'humiliation, elle a dit non.

— Je ne crois pas qu'il faille qu'on rentre là-dedans, elle a dit à l'autre bout du fil quand je l'ai appelée, Camille.

— C'est Bokné qui m'a proposé, j'ai murmuré.

— Il n'aurait pas dû, c'est chez moi que ça se passe, c'est moi qui décide. Tu es déjà suffisamment entrée dans ma vie.

Je n'ai plus rien dit, j'étais soufflée, mortifiée. Elle a dit non.

Je suis dans ma cage. Je tourne en rond comme une souris dans une boîte en carton. Un test de Pavlov défaillant. J'ai mal perçu les signaux. J'ai cru. Je m'assois longtemps et j'attends que ça passe, je roule des cigarettes. J'aurais jamais dû écouter Bokné et l'appeler. Je relativise, c'est pas grave, c'est juste une belle gifle. Un jour, des choses m'appartiendront vraiment. En attendant, ici, j'ai pas le choix, je me force à me dire que c'est pas si mal.

Les toilettes sont des toilettes normales et elles n'appartiennent qu'à moi.

Depuis la fenêtre de la cuisine je vois le voisin d'en face, de dix-huit heures à vingt-trois heures il est allongé devant sa télévision, il a un très grand écran. Parfois quand j'éteins la lumière il s'est endormi, et sur son crâne chauve se reflètent les bleus froids de l'image toujours en mouvement.

Je donne ma nouvelle adresse à Zonebbu, passage Penel, entre la porte de Clignancourt et Jules Joffrin. Je crois qu'il me manque un peu.

Bokné ne comprend pas pourquoi je refuse de venir avec eux. Je ne lui dis rien de ma conversation avec ma mère, je maintiens que je suis bien comme ça. Il proteste, Camille et le grand-cousin seraient ravis selon lui.

Normalement je devais prendre mon billet de train et partir. Mais je n'ai pas réussi, je ne savais pas comment j'allais les trouver. J'avais l'impression que ça me faisait revenir encore au point de départ. Je ne les ai pas prévenus et me suis torturé l'esprit en me demandant ce que j'allais dire à Jacqueline quand elle m'appellerait, mais elle ne l'a pas fait. Elle préfère me savoir ailleurs que chez elle.

J'ai fait échanger le coffret complet des musiques de films d'Emir Kusturica, que je pensais offrir à Jean-Claude, contre *Moi, ce que j'aime, c'est les monstres* à la Fnac pour moi. Je ne m'étais pourtant pas moquée d'eux, ça et le Shalimar de chez Guerlain destiné à ma grand-mère. Je l'ai gardé, certains disent que c'est un parfum pour vieilles, moi je le mets tous les jours de la semaine, quand je travaille sur les quais, quand je descends les poubelles, quand je me mets une race au bistrot, quand je vais au Lavomatic, chez Franprix : Shalimar.

Et puis je me suis souvenue que Catherine n'avait personne. Je l'ai appelée, elle a ronchonné ouais après tout pourquoi pas, ce sera quand même glauque mais bon je prends. Je sais qu'en réalité elle était folle de joie. Quand Bokné, à force de me poser des questions, s'est rendu compte que je leur avais préféré la terrible Catherine pour fêter Noël, il était sidéré. S'il savait.

Je ne comprends pas pourquoi les gens se laissent toujours si seuls les uns les autres.

Je gratte vaguement le sol avec le bout de mes baskets, sous le néon frétillant du boui-boui Les Délices d'Amour. Je suis dans les oranges et les rouges, les verdoyants éclats des enseignes sur la façade du libanais boulevard Ornano, le long de laquelle dégoulinent les fanfaronnades du vendeur de téléphones mobiles aux mille cartes SIM.

Il est planqué sous un parasol Multiphone et fait de l'ombre au reste de sa boutique qui s'enfonce dans le mur comme une bouche clignotante, elle déborde d'appareils, présentoirs à bijoux sur lesquels on a accroché tout un tas de téléphones, propagande, protège-machins, câbles, mini-peuplier luminescent.

J'attends l'assortiment de mezze végétariens à emporter, 12 euros, c'est Noël.

Des publicités plus grandes que moi vantent les soldes et les écrans. Elles forment un agrégat instable, attachées les unes aux autres, et dévorent les murs autour du magasin.

Le vendeur en a mis partout si bien qu'on ne peut plus attendre son plat au libanais sans qu'il s'agace. Je m'adosse à ses affiches, je suis commerçante moi, je sais très bien qu'il grignote l'espace public. Il se met à râler :

— Oh ! Oohhh !

— Assortiment végétarien à emporter !

Comme je m'éloigne du mur, la grande pancarte sur laquelle j'étais appuyée se plie, se tord vers le sol, pesant de tout son poids sur les autres à côté.

— C'est moi ! je m'exclame en attrapant les anses du sac plastique.

J'ai le temps de voir l'ensemble du mur de publicités tanguer dangereusement et suivre la pancarte qui s'écroule tandis que l'homme aux mille SIM se précipite vers son étalage en chute libre.

Je m'engouffre dans la bouche de métro tout près, ressors de l'autre côté de la rue sous les vociférations, je crois qu'il me cherche. Tout un pan de son mur de pancartes s'en est allé sur le trottoir, les gens autour s'arrêtent et s'interrogent, ça fait un petit tas d'imperméables en cercle.

Fascinée par les vitrines du Guerrisol, je m'éloigne discrètement, admirant les chaussures cinquante ans d'âge et les faux délavés très délavés.

Il est vingt heures, je remonte la rue Championnet, mon plat végétarien et une bouteille de saumur pétillant dans mon cabas, j'essaie d'imaginer Noël chez les cousins, avec Bokné et ma mère. Je les vois qui s'offrent et qui mangent. Ça ne me dit rien.

Sous une fenêtre, je rencontre un sapin joufflu étalé par terre, les épines toutes mouillées. Je m'arrête.

On ne jette pas les sapins dans la rue le 24 au soir, surtout avec les guirlandes et les boules. Je reste plantée devant comme on peut rester devant un beau gisant, j'hésite, c'est pas lourd après tout, il est tout petit, pourquoi ? Qui a balancé un sapin décoré ? Quelqu'un est mort ? Un divorce ? Un conflit religieux ? Je le prends par le tronc et l'emporte.

Je fais des pauses de temps en temps pour ramasser les boules qui tombent, les jette dans le cabas, je les remettrai à la maison.

Hier, j'ai reçu un colis, un énorme paquet dans lequel étaient enveloppés deux grands livres. Les œuvres complètes d'Arthur Rimbaud, illustrées, magnifiques. Avec il y avait un mot de Camille : « C'est Rimbaud qui donne au monde cette beauté qu'il n'aura jamais. » Je me suis demandé si elle ne regrettait pas un peu de m'avoir refusée à sa table.

J'ai lu tout Rimbaud depuis longtemps. Mais ma vraie beauté à moi, c'est Knut Hamsun, *La Faim*, William Burroughs, *Le Festin nu*, Boulgakov, *Le Maître et Marguerite*, Elsa Triolet, *Fraise-des-Bois*… Et il y aura toutes celles et ceux qui viendront après, ils me tiendront la tête à l'air libre, au moins la tête.

Les deux livres de ma mère, le beau cadeau, je le sentais, ça avait l'air de coûter quelque chose, je commence à avoir le nez. J'ai envoyé les photos à Baptiste, 200 balles je peux en tirer. Sur Internet, « ça partira très vite » il a dit au téléphone, « d'ici quinze jours c'est plié à mon avis ». Il m'a donné ses codes sur AbeBooks et je les ai mis en ligne immédiatement. Deux cents euros. J'aurai de quoi acheter un beau paquet de cartes postales et quelques souvenirs pour les quais. Parce que Rimbaud, c'est bien, mais je l'ai déjà en livre de poche, la poésie ça s'emporte partout, ça ne se lit pas chez soi. Ça ne se lit pas sur une table parce que le volume est trop gros. Tout de même, ce n'est pas honnête, ce n'est pas très beau ce que j'ai fait. Mais je ne suis pas quelqu'un qui fait toujours des jolies choses. J'ai senti que ma douleur s'en allait un peu au moment où j'ai cliqué sur « mettre en ligne ».

Après je suis restée avec du café chaud à profiter de la joie d'avoir un vrai bel endroit fait pour moi. J'étais libre, je pouvais lire à l'envers sur le tapis, avec derrière mon livre le ciel, me mettre dans le fauteuil, manger un gâteau… m'observer dans le miroir de la salle de bains en me demandant si mes dents n'étaient pas plus blanches avant. En ne sachant toujours pas dire si ma figure me plaît ou pas.

— J'ai plus de batterie !

Zonebbu secoue son iPhone, collé à la porte de mon immeuble, il essaie d'éviter la pluie.

— Qu'est-ce que vous faites là ?

— Ma femme m'a fichu dehors ! il couine.

— Mais vous êtes divorcé !

— Oui ça doit être pour ça, mais moi je voulais passer Noël avec mes enfants.

Je pose le sapin. En voyant dégringoler une boule par terre il me regarde l'œil mauvais.

— Il est moche votre sapin.

— Il était tout seul dans la rue… comme vous Zonebbu.

J'ouvre la porte et entre, il reste derrière, hésitant un peu.

— Je peux fêter Noël avec vous et votre sapin ? J'ai apporté le champagne.

— Vous avez un cadeau pour moi ?

— Non.

— Merde !

— Mais je peux quand même venir ?

— Oui ça va être super.

Je reçois un message de Bokné qui se demande toujours pourquoi je ne suis pas venue avec lui. Il me promet la cuite du siècle au Nouvel An, et plein d'autres les quinze jours qui précéderont son grand voyage. Avant d'ouvrir le champagne, on attend Catherine. Elle est coincée dans le métro avec les petits-fours, une bûche de chez Picard, encore du champagne.

Tout là-haut sous mon toit, où rebondissent interminablement les gouttes, j'ai installé le sapin entre deux de mes sacs de jouets que j'avais ramenés de Touraine. Comme il ne voulait pas rester droit, j'ai accroché le sommet à une ficelle nouée au velux. Zonebbu, qui regardait l'arbre de Noël se balancer tout doucement, a fini par sécher ses larmes.

Et moi je cherche toujours les miennes.

Composition : IGS-CP à L'Isle-d'Espagnac (16)
Achevé d'imprimer
par CPI Firmin-Didot
à Mesnil-sur-l'Estrée, en mars 2021
Dépôt légal : mars 2021
Numéro d'imprimeur : 163001

ISBN : 978-2-07-293001-0/Imprimé en France

376329